장래희망은 이기적인 년

장래희망은 이기적인 년

날카로운 직감과 영리한 태도로 험난한 세상에서 살아남는 법

STAY

캐런 킬거리프·조지아 허드스타크 **지음**

오일문 **옮김**

sexy,

DON'T GET

Murdered

놀

우리 이야기를 들어준 모든 분들, 감사합니다.
모두 여러분 덕분이에요!

솔직히 까놓고 말해서

안녕하세요, 여러분!

우리의 첫 책을 선택해줘서 고마워요. 여러분과 함께하게 되어 정말 기뻐요. 이렇게 책으로 말하려니 정말 어색하네요. 태어나서 지금껏 책이란 걸 써본 적이 없거든요. 손을 어디에 둬야 할지 모르겠어요.

먼저 이 책을 사준 분들께 고맙다는 말부터 하고 싶어요. 정말, 진심으로 감사해요. 모두 복 받으실 거예요. 아 물론, 책을 사지 않고 도서관에서 빌린 분도 있겠죠. 그런 분들께도 당연히 감사의 인사를 전합니다. 우리도 도서관을 사랑해요. 언니가 샤워하는 동안 침대 옆에 있는 이 책을 우연히 발견하고 슬쩍 가져온 분도 있겠죠? 이 책을 어떻게 손에 넣었든, 우리는 여러분 편이에요. 우리 모두 잘될 거예요. 책을 사주신 분들은 특히 더요.

아 잠깐만요, 지금 서점에서 처음 몇 장을 훑어보면서 이 책을 살지 말지 고민하는 분들도 있겠네요. 에이, 뭘 그렇게 고민해요? 재미있잖아요. 이런 책은 세 권 정도는 사줘야 되는 거 아닌가? 걱정 마요. 절대 지루하지 않을 거예요.

평소 같으면 마이크 앞에 앉아 팟캐스트로 여러분을 만났을 텐데, 지금은 이렇게 지면을 통해 만나고 있네요. 아, 우리가 누구인지 전혀 모른다고요? 괜찮아요. 그럴 수도 있죠. 그럼 우리 소개부터 할게요. 우리는 2010년대 후반까지 로스앤젤레스에서 텔레비전 요리 프로그램 진행자 조지아로, 코미디 작가 캐런으로 각각 그럭저럭 잘 살고 있었어요. 그러다 우연한 기회에 할로윈 파티에서 서로를 만나 범죄 사건을 주제로 한 텔레비전 프로그램에 대한 수다를 떨게 됐어요. 곧 두 사람다 그런 이야기를 광적으로 좋아한다는 걸 알게 됐죠. 우리는 밤새는 줄 모르고 이야기를 나눴어요. 그러고도 모자라서 점심 약속을 해가면서 또 수다를 떨었죠. 그리고 우리는 곧 '범죄'와 '코미디'를 소재로 팟캐스트를 해보기로 했어요. 둘 다 팟캐스트를 해본 적이 있어서 그 시스템을 잘 알고 있었거든요. 그렇게 한두 편으로 시작한 팟캐스트가 벌써 수백 편이 되었고, 수백만 명이 우리 팟캐스트를 듣게 됐어요. 팟캐스트 공개 방송 콘서트 티켓이 매진됐고 팟캐스트 덕분에 이 책도 쓰게 됐죠.

우리는 이 책을 내기 위해 정말 많은 노력을 쏟아부었어요. 지난 일 년 반 동안 '책 쓰기'라는 망망대해를 표류하며 엄청나게 방황했죠. 해본 적 없는 일이라 정말 많이 헤맸고 긴장했고 글을 쓰는 매 순간 내가 책을 쓰고 있다는 사실이 너무 어색해서 손발이 다 오그라들었어요.

그러니까, 작가라고 해서 말하고자 하는 바를 다 척척 써내려가는 건 아니라는 거죠. 그저 일단 써보는 거예요. 글을 쓰는 건 사실 무서운 일이에요. 누군가 지금의 나는 가짜라고 말하며 진짜 마음을 드러내 보이라고 다그치는 것 같죠. 부끄러워서 어딘가 숨고 싶지만 결국 거울 속 내 모습을 마주하게 되고요. 일주일 전쯤 내가 썼던 글을 보면 무슨 글을 이렇게 썼나 싶고요. 그렇게 쓴 글을 수정하고 또 수정하다 보면 글쓰기의 즐거움은 온데간데없이 사라진 지 오래죠. 그렇게 꾸역꾸역 다음 장으로 넘어가는 거고요.

그런데 그 어려운 일을 우리가 해냈어요! 책 한 권을 완성

했다고요. 세상에, 정말 꿈만 같네요. 처음 책을 쓰기로 결심했을 때 어떤 책을 쓰고 싶은지 많이 생각해봤어요. 다른 책들을 참고하면서 이리저리 고민했죠. 깊이와 주제, 난이도 등 다양한 요소를 고려했어요. 그러다 우리 팟캐스트 청취자라면 우리가 어떤 책을 쓰기를 바랄까를 생각하게 됐어요. "그냥 팟캐스트에서 이야기한 것들에 대해, 당신이 알고 있는 것에 대해 쓰세요." 우리 청취자라면 이렇게 말할 것 같더라고요.

그런데 이게 문제였어요. 우리가 3년 동안 팟캐스트를 진행하면서 유일하게 알게 된 건 우리가 정말 아는 게 없다는 사실뿐이었거든요. 진짜로요. 지리, 발음, 확률, 고유명사, 법⋯ 정말 제대로 아는 게 하나도 없더라고요. 어떻게 이렇게 아무것도 모르는 채로 팟캐스트를 진행했는지, 정말이지 겸손으로 마음이 숙연해졌다니까요. 게다가 사소한 걸 자꾸 틀리다 보니까 우리가 아는 게 없고, 추측으로 빈칸을 대충 뭉개고 넘어가는 습관이 있다는 사실을 자꾸만 의식하게 되는 거예요. 팟캐스트를 녹음할 때마다 발밑에 무지라는 함정이 도사리고 있는 기분이었다니까요.

그런데 이상하게도 많은 사람들이 이런 우리의 팟캐스트를 계속 들어주는 거예요. 심지어 '팬'도 생겼고요. 우리의 무지로 인한 실수 덕분에 대화의 폭이 더 넓어졌고, 다른 사람들도 스스럼없이 대화에 참여하게 됐죠. 그리고 우리는 어느새 팟캐스트를 진심으로 즐기고 있었어요.

처음에는 지적을 받을 때마다 조금 겁이 났어요. 우리가 말한 날짜가 틀렸다, 도시 이름을 잘못 발음했다, 사건 설명 일부가 누락됐다… 다양한 이메일을 받았죠. 그럴 때마다 우리는 숙제를 잘못해 간 학생처럼 의기소침해졌어요. 하지만 그 이메일들에는 재치와 칭찬도 가득했죠. 다들 우리의 부족한 점을 채워주며 신나하고 있다는 걸 깨달았을 때는 마음이 벅차올랐어요.

팟캐스트가 점점 인기를 끌면서 우리의 어설픈 부분이 적나라하게 드러나기도 했지만 청취자들은 우리의 그런 면을 더 좋아해주었어요. 그들이 원하는 건 충만한 대화 혹은 유머 가득한 유쾌한 대화지 범죄 사건 사전이 아니더라고요. 그래서 우리는 마음을 놓고 우리가 10대, 20대 때 저질렀던 끔찍한 실수까지 즐겁게 털어놓을 수 있었어요. 청취자들 역시 "나도 그랬어!" 혹은 "헐… 난 절대 저러지 말아야지" 하면서 우리 이야기를 웃으며 들어주었죠.

그리고 마침내, 청취자 여러분과 공개 방송에서 많은 관객들이 좋아해주었던 우리의 이야기를 이렇게 책으로 옮기게 되었어요. 우리 두 사람에게는 의미 있는 내용이고, 또 많은 사람들이 진심으로 공감해주었던 이야기들이지만 조금은 개인적이고 감상적일 수도 있어요. 혹시 틀린 부분을 발견한다면 언제든 편히 알려주세요.

자, 그럼 이제 시작할게요.

목차

프롤로그   솔직히 까놓고 말해서 · 6

 지랄을 해야 한다

조지아의 이야기   망할 놈의 예의 따위 · 17
캐런의 이야기   (((((('나'))))) · 50
비하인드 스토리 · 66

2장   지만 아는 년

캐런의 이야기   '자기 관리' 강연 · 71
조지아의 이야기   유두에 피어싱하던 날 · 93
비하인드 스토리 · 112

 진짜 미칠 것 같을 때에는

캐런의 이야기   사이비 종교에 빠지지 않는 법 · 115
조지아의 이야기   도벽에 빠졌다면 · 134
비하인드 스토리 · 148

4장 내가 막 살아봐서 아는데

캐런의 이야기 알코올 중독자의 최후 · 153
조지아의 이야기 심리치료로 얻은 것들 · 165
비하인드 스토리 · 187

 5장 벌어야 한다

캐런의 이야기 장래희망은 코미디언 · 191
조지아의 이야기 알바 지옥 · 196
비하인드 스토리 · 207

 6장 스스로 어른이

조지아의 이야기 미친 전 여친 · 211
캐런의 이야기 중2병 극복하기 · 231
비하인드 스토리 · 245

 7장 숲에서 멀어지라고?

조지아의 이야기 숲 밖에서 나를 기다리는 사람들 · 249
캐런의 이야기 강간당하지 않는 법? · 264
비하인드 스토리 · 277

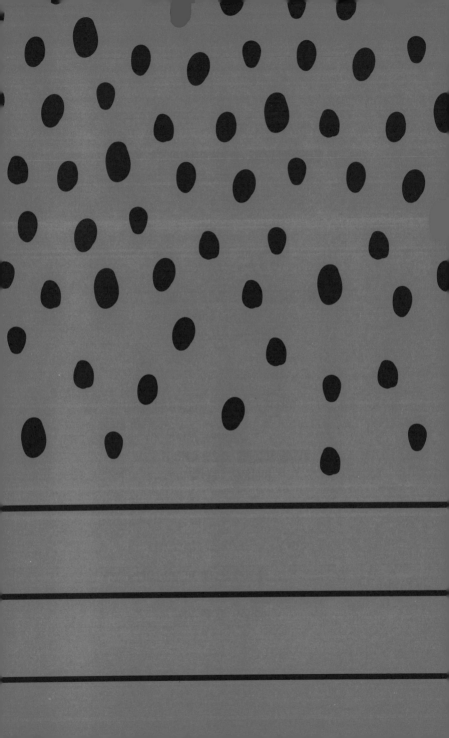

1장

지랄을 해야 한다

망할 놈의 예의 따위

이번 장에서는 '그 감정'에 대해 이야기를 나누려고 해요. 다들 익숙한 감정일 거예요. 상대방이 불쾌한 행동이나 말을 했을 때 화가 치밀어 오르고 속이 부글부글 끓었던 경험, 다들 있잖아요. 그러면 예의를 차려야 한다는 강박에 사로잡혀 그저 무시하거나 혹은 자신의 감정을 외면하고 상황을 아무렇지 않은 척 받아들이죠. 제대로 방어 한번 못 하고요. 대부분 사건이 지나간 후에야 분노하고 후회하며 기가 막힌 대처법을 떠올리곤 해요. 여러분처럼 착한 사람들은 '그 인간 정강이를 냅다 차줬어야 했는데'라는 생각을 나중에야 할 거예요. 제대로 대응하지 못한 자신에게 화가 나서 새벽 3시까지 잠도 못 잘 테고요. 이번 장에서는 그런 열받는 순간에 어떻게 대처해야 할지 알려주려고 해요. 나중에 후회하지 않도록요.

특히 여자들은 그 망할 놈의 예의에 대한 강박이 훨씬 심한 것 같아요. 우리는 예의를 중시하는 문화에서 자랐어요. 예의라는 건 개인의 성향이나 성격이라기보다는 오랜 세월 사람들을 통제해온 사회적 산물에 더 가까워요. 여자들은 대개 길을 걷다가 성희롱을 당해 화가 치밀어도 상대에게 욕을 퍼붓기는커녕 꾹 참고 맙니다. 술집에서 남자가 치근덕거려도 강하게 내치질 못해요. 그러고는 원치도 않았고 때로는 어쩌다 그 상황에 빠졌는지조차 알 수 없는 불쾌하거나 위험한 상황에 놓이고 말죠. 우리는 타인의 무례를 견디는 것보다 우리가 무례해지는 것을 훨씬 더 겁내고 어려워하거든요.

여자들은 어려서부터 '예의 바르게 행동해라, 얌전히 있어라, 예쁘게 웃어라, 똑바로 앉아라, 착하게 굴어라' 등 다양한 지시를 받죠. 이런 말을 들으며 자란 여자아이는 자신의 욕구나 안전은 뒷전으로 미뤄두는 여자가 돼요. 나 역시 그런 환경에서 자랐기 때문에 이제는 그게 지긋지긋해요. 그런 의미에서 우리 이렇게 외치고 시작하면 어떨까요? "망할 놈의 예의!" 사회화 따위, 내가 알게 뭐예요. 타인을 먼저 생각하라고요? 엿이나 먹으라 그래요. 말 나온 김에 이 얘기도 하고 넘어갈게요. 가부장제, 이것도 정말 웃긴 개념이에요. 아, 말하고 나니 속이 다 시원하네요.

망할 놈의 예의, 말은 쉽지만 행동으로 옮기는 건 정말 어려워요. 평생을 착하게만 살아왔더니 나도 노선 바꾸기가 쉽지 않더라고요. 꽤 오랜 시간 연습이 필요했어요.

1998년 7월, 나는 고등학교를 졸업한 후에야 따분하고 지겨운 내 고향 오렌지카운티를 벗어날 수 있었어요. 사실 졸업도 못 할 뻔했죠. 교장 선생님이 느끼한 미소로 졸업장을 건네며 이렇게 말했을 정도거든요. "조지아가 졸업하는 날이 올 줄이야!" 난 이를 악물고 배운 대로 예의 바르게 미소를 날려줬어요. 어렵게 얻은 졸업장을 들고서요.

난 고등학교를 졸업할 날만 손꼽아 기다렸어요. 유치원생때 입이 찢어지게 하품을 했다는 이유로 집에 늦게 가야 했던 적이 있는데, 그때 기억이 정말 끔찍했거든요. 그래서 다른 친구들처럼 공부를 더 하고 싶다거나 돈을 벌고 싶어서가 아니라 그저 고등학교를 벗어나고픈 마음에 대학에 가고 싶었어요. 졸업 후엔 뒤도 돌아보지 않고 오렌지카운티에서 한 시간 거리에 있는 자유롭고 광기 어린 열정의 도시 로스앤젤레스로 향했죠.

사실 LA야말로 내 마음의 고향이에요. 오렌지카운티에 살 때는 내 차인데도 운전석에 앉지 못하고 뒷좌석에 앉아 있는 기분이었거든요. 그런데 LA에서는 모든 게 편안했어요. 내 집, 조금만 과장하자면 엄마의 자궁 같았죠.

내 증조부모는 1920년대에 수많은 유대인들과 함께 동유럽에서 로스앤젤레스 근교 농촌인 보일 헤이츠로 이주했어요. 이후 조부모는 유대인 밀집 지역인 페어팩스에서 정육점과 이발소를 운영했죠. 엄마와 아빠는 멜로즈 거리에 있는 페어팩스고등학교를 다녔고요. 멜로즈 거리는 구제 상점들로 유명한데 한때 내가 제일 좋아했던 곳이랍니다. 이건 나중에 자세히 얘기할게요. 1998년 여름으로 가보죠. 그때 난 엄마가 자랐던 할머니의 복층 집으로 이사해 들어갔어요. 거기서 미용 학교를 다녔죠.

열여덟 살에 드디어 자유의 몸이 된 거예요! 빌어먹을, 마침내 성인이 된 거죠! 성인이 되니 무슨 일이든 다 견딜 수 있고, 할 수 있을 것 같았어요. 지금 생각하면 열여덟 살도 아직 어린 나인데 말이죠.

미용 학교에 다니려면 돈이 필요했기 때문에 샌타모니카에 있는 아담한 식당에서 종업원으로 일했어요. 다양한 팬케이크를 파는 곳이었죠. 촌스러운 멜빵바지를 입고 일해야 했지만 웨이트리스 하면 왠지 '어른의' 직업 같아서 덥석 하겠다고 했어요. 사실 멜빵바지를 멋있게 소화하는 사람은 거의 없잖아요. 모델 크리시 타이겐이라면 모를까. 하지만 그녀도 이렇게 말할걸요. "뭘 이런 걸 입고 일하라 그래?"

오전 근무로 일할 때는 이른 아침 해변의 풍경을 만끽할 수 있었어요. 아침 햇살의 온기와 적당한 구름이 공간을 아늑하게 만들어주었죠. 단, 오후가 되기 전까지만요. 서너 시가 되면 해수면이 점점 뜨거워지면서 캘리포니아 특유의 햇볕이 쨍쨍 내리쬡니다. 해무마저 가볍게 날려버리는 태양 덕분에 일하는 사람들은 녹초가 되죠. 365일 중 360일은 이런 열기를 견뎌야 했어요.

미지근해진 커피를 연거푸 마시며 자연스레 주방장과 친해졌어요. 밥도 안 먹고 커피만 들이켜는 내가 안쓰러웠던지 집에 갈 때 먹으라며 커다란 블루베리 와플과 바삭한 베이컨을 몰래 챙겨줬죠.

지금 말하는 배를 곯던 시절은 LA에 살던 1990년대예요. 그때 난 잘 먹지 않았거든요. 시대와 장소를 탓할 수도 있겠지만 솔직히 1990년대라서, LA에 있어서 그런 건 아니었어요. 내 행동에 책임을 지는 것보다 무언가를 탓하는 게 훨씬 편하긴 하지만요. 난 섭식장애로 평생을 힘겹게 보냈어요. 예뻐지기 위해 굶는 일이 잘못되었고 비정상이란 걸 나중에 더 나이를 먹고 나서야 깨달았죠. 난 전형적인 와스프* 정신을 보고 배우며 자랐어요. 여자의 소명은 남자에게 사랑받는 것이며 그러지 못하면 무가치한 존재가 된다는 게 와스프 정신이죠. 남자들은 예쁘고 마르고 순종적인 여자를 좋아한다고도 했어요. 와스프들은 이런 이념을 드러내놓고 설파하진 않았지만 '진짜 주부들' 시리즈** 한 편만 보면 그들의 기본 가치관을 바로 알 수 있어요. 이런 환경에서 자란 나는 여덟 살 때부터 남들이 걱정할 정도로 삐쩍 말랐었어요. 학교에서 내 별명은 '에티오피아인'이었죠. 또래 문화에 적응하지 못한 나는 상처를 많이 받았어요. 애들은 정말 영리하더라고요!

당시 어린 마음에 살찌는 것보다 무서운 건 없었어요. 어린 조지아는 왜 그런 바보 같은 생각을 했을까요? 예전에 엄마 방에서 있었던 일이 생각나네요. 엄마는 옷을 홀딱 벗고 맨몸으로 거울 앞에 서서 한 줌도 되지 않는 말랑한 뱃살을 만지고 있었어요. 나도 그 모습을 보고 있었죠. 엄마는 그러면서 거울에 비친 자신이 혐오스럽다는 듯 "뚱뚱하다"라고 했어요. 난 자신의 몸을 싫어하는 엄마의 모습을 목격한 거죠. 여덟 살

---

* WASP, White Anglo-Saxon Protestant, 앵글로색슨계 백인 신교도. 미국 사회의 가장 영향력 있는 계층 중 하나로 여겨진다.

** The Real Housewives, 미국 전역의 다양한 지역에 거주하는 부유한 가정주부의 삶을 다룬 리얼리티 TV 쇼.

이었던 난 그 행동이 뭘 의미하는지 알지 못했어요. 빌어먹을 세상은 엄마에게 가혹했죠. '감히' 뚱뚱한 몸을 가진 것도 모자라 엄마는… '애 딸린 이혼녀'였거든요. 정말 뻔뻔하죠! 사회적으로 인정받지 못하는 싱글맘은 더 소외된다는 이야기를 어디서 들었는지 엄마는 다른 여자들처럼 뚱뚱한 자기 몸을 혐오했어요.

부모의 연애사를 세세히 알게 되는 건 그다지 유쾌한 경험이 아니에요. 부모의 실체가 조금씩 드러날 때마다 세상이 무너지는 것 같죠. 자식이라면 누구라도 그럴 거예요.

내 부모는 내가 다섯 살 때 이혼했어요. 그 이후로 엄마는 데이트하는 날이면 나를 조수석에 앉혔죠. 그때 엄마의 모습을 딱 한마디로 표현할 수 있어요. "남편이 있어야 돼. 남편이 없으면 마녀로 변해서 화형당하고 말 거야." 그때나 지금이나 엄마는 아름다워요. 똑똑하고 유머러스하고요. 하지만 이상하게도 데이트할 때는 늑대인간처럼 변했어요. 독립적이고 단호한 엄마는 온데간데없이 사라지고 언젠가 자신을 차버리고 떠날 별 볼 일 없는 남자들에게 비굴한 모습으로 애교를 떨었죠. 아, 내가 말이 너무 심했나요? 하지만 해로운 남성성*이

---

* 지배욕, 경쟁심, 감정 표현 억제 등 사회적으로 남성에게 더 적합하다고 여겨온 성질.

라는 웃기는 문화를 생각해보면 엄마의 타락한 자아는 갑자기 튀어나온 게 아니에요. 엄마는 그저 남자에게 친절하고 순종적으로 굴도록 사회화된 거죠. 그래야 남자를 만날 수 있고, 행복하게 살 수 있으니까요.

엄마는 콧수염 난 이혼남들을 만나고 다니며 영혼 없는 연애를 이어갔어요. 그 남자들은 오빠, 언니, 그리고 천사 같은 막내인 나까지 좀 유별난 아이들에게 좋은 아빠가 되겠다며 달콤한 말로 엄마를 꾀었죠. 하지만 그렇게 호언장담하던 예비 아빠들도 술독에 빠져 사는 엄마와 지나치게 산만하고 시끄러운 우리 형제자매들의 본모습을 보고 나면 가차 없이 떠났어요. 정확히 말하면 엄마를 버린 거죠. 가슴 아픈 이야기니여기까지만 하죠.

그렇다고 우리 엄마를 동정할 필요는 없어요. 감정 불통의 이혼남 중 한 명은 건졌거든요. 존이라는 아저씨인데 엄마와 15년째 잘 만나고 있답니다. 과하게 활동적인 우리 남매들도 존을 잘 따르고요.

고등학생 시절, 여러 남자들이 내게 관심을 보였고 난 평소에 모델로 삼았던 이들의 행동을 따라 했어요. 남자들이 원하는 건 다 들어줬고 애정에 굶주린 사람처럼 뭐든 다 해줄 준비가 되어 있었죠. 20대 때 사귀었던 남자들을 포함해서 누가 섹스에 대해 물어보면 거짓말을 둘러대곤 했는데 그럴 땐 정말 난처했어요. 오래 꿈꿔왔던 낭만적인 '첫 경험'이 아니라, 때로는 관계를 가졌다고 말하기도 민망할 정도의 경험들이 많았거든요.

어릴 적, 섹스나 마약을 접할 때는 그 순간에 취해 자기 관리나 미래 같은 걸 깊이 생각하지 않았어요. 그런 개념은 내 사전에 없었죠.

그때는 내 인생의 암흑기였어요. 머릿속에 박힌 쓰레기 같은 생각에서 헤어나오지 못했어요. 스스로를 못생기고 멍청하고 쓸모없는 인간이라고 생각했죠. 그런 생각 때문에 연애의 주도권도 쥐지 못했고 콘돔을 쓰자거나 이러저러한 건 "싫다"라고 제대로 말도 못 했어요.

나 같은 여자애들 사전에는 '나 자신을 지킨다'는 개념이 없었거든요. 나 같은 애들은 남자친구가 내 가치를 결정한다고 믿었어요.

암흑의 구렁텅이에서 잠시나마 빠져나오는 방법은 간단해요. 스스로에게 '걱정 마'라고 외치는 거죠. 나도 수많은 시행착오와 치료의 날들을 거쳐 자신을 사랑하고 삶의 진짜 주인이 되는 법을 겨우 깨달았어요. 이 이야기는 다음 장에서 자세히 할게요. 물론 지금 내 상태는 아주 좋아요!

열여섯 살 때 나만의 독특한 개성을 인정하고 자신감을 회복했어요. 거칠고 저항적인 펑크 운동도 도움이 많이 됐죠. 그때의 나는 닥터 마틴 신발을 신고 찢어진 바지를 입고 다녔어요. 등굣길에 옷핀으로 눈썹에 피어싱을 한 적도 있고요. '그냥 하고 싶어요.' 그리고 나 같은 결손 가정 출신의 사회 부적응자들을 찾아다녔죠. 그 친구들은 베이지색과 연노란색으로 뒤덮인 고향을 지겨워했고 우리는 모두 자발적으로 왕따 생활을 즐겼어요.

어느 토요일 오후에 옆집 친구 사나즈와 놀고 있었어요. 히피 스타일로 레게 머리를 한 사나즈는 데오도란트 대신 파출리 기름을 뿌리고 다니는 친구였죠. 그날 우리는 무상 급식 운동 단체인 푸드 낫 밤의 모금 활동에 참여하기 위해 평소 즐겨 찾는 공연장인 '쿠스 카페'에 있었어요. 동네의 외진 곳에 있는 쿠스 카페는 방이 두 개 딸린 낡은 주택으로 원래는 공예가의 집이었어요. 지금 생각해보면 죽을 위험을 무릅쓰고 거기 있었던 것 같아요. 화재 위험이 큰 곳이었거든요. 곰팡이 투성이에 금방이라도 허물어질 것 같았지만 열여섯 살 아이들에게는… 성지였죠.

지방 순회공연을 마친 밴드가 텅 빈 거실 공간에서 땀을 뻘뻘 흘리며 큰 소리로 연주하곤 했어요. 그러고는 앞마당에서 대마초를 피우며 말 같지도 않은 소리를 떠들어댔죠. 모금 자선 행사 날에도 시끌벅적한 수다가 한창이었고 주변을 둘러보다가 내 시선이 한곳에 멈췄어요. 시애틀 펑크록 밴드 멤버 여자애가 몇 사람 앞에서 말하고 있었어요. 마치 교실에 학생들이 옹기종기 모인 것처럼 책상다리를 하고 앉은 사람들이 그녀의 이야기를 들었어요. 그 친구는 1990년대 중반의 그런지 스타일 차림이었는데, 인형 옷 같은 깜찍한 원피스에 찢어진 타이츠를 입고 몸보다 훨씬 큰 플란넬(면이나 양모를 섞어 만든 가벼운 천)을 걸치고 있었죠. 아이라인을 약간 부담스럽게 그린 채로 지저분한 머리카락은 모자로 가리고 불룩한 슈퍼히어로 양철 도시락을 들고 있었어요.

옆에서 들어보니 여권 신장에 대해 말하고 있더라고요. 여자는 남자에게 종속된 존재가 아니라 고유의 능력과 가치를 가진 존재라고 주장했어요. 여자가 능력과 가치를 '더' 인정받으려면 '나쁜 년'이 되는 걸 두려워하지 말아야 한다고도 했죠. 여기서 '페미니즘'은 나쁜 말이 아니었어요. 페미니즘은 반드시 추구해야 할 목표이며 여자도 남자처럼 세상에 이바지한다는 사실을, 자신의 가치를 인정할 때까지 여자들 스스로가 계속 밀고 나가야 한다는 거였죠.

당시 나쁘게 생각했던 페미니즘을 펑크록 밴드가 설파하고 있었어요. 그들은 페미니즘에 '라이엇 걸'*이라는 이름을 붙였죠. 여기서 재미있는 사실 하나! 라이엇 걸이라는 이름은 역사적으로 여자들이 겪은 부당한 일을 남자들이 1초라도 그대로 경험한다면 바로 '폭동Riot'으로 이어질 거라는 의미에서 유래했어요. 그 망할 놈의 역사 속에 나도 있었고요.

펑크록 페미니즘은 신용카드를 들고 다니는 부잣집 여자애들에게 굽실거리며 자존감이 바닥을 쳤던 어린 시절을 지나온 내게 꼭 필요한 운동이었죠. 나는 기꺼이 동참했어요. 페미니즘 잡지를 보고 밴드 비키니 킬과 슬리터 키니의 〈걸스 투 더 프론트〉 같은 노래에 빠져 살았답니다.

그러면서 점차 마음에 깊이 묻어둔 내 단점들이 승리의 함성을 질렀고 나는 마침내 내 모습 '그대로'를 인정하기 시작했어요. 다시 태어난 느낌이었죠. 괴짜 같은 성격, 납작한 가슴 등 한때 내가 싫어했던 내 모습을 있는 그대로 받아들이고 타인에게 사랑받아야 한다는, 정신 건강에 해로운 생각들을 미련 없이 내던져버렸죠.

그 덕분에 고등학교를 졸업하고 로스앤젤레스로 갔을 때 내 상태는 더할 나위 없이 좋았어요. 미용 학교에서 새로운 친

---

* Riot Grrrl, 1990년대 중반 생겨난 페미니스트 펑크록 장르.

구도 사귀었고 샌타모니카의 식당에서 종업원 일도 시작했고요. 일을 시작한 지 얼마 되지 않아 단골손님도 몇 명 생겼어요. 이름을 알거나 친한 손님이면 자주 주문하는 음식을 외워두었다가 알은체하며 친근감을 표했죠.

로렌스도 단골손님 중 한 명이었어요. 로렌스와 난 서서히 흐려지는 평일 오전에 농담 섞인 대화를 많이 나눴죠. 나이가 쉰은 넘은 것 같았고 굵고 낮은 목소리에 체격도 건장한 남자였어요. 덩치가 나보다 세 배는 더 컸지만 점잖았고 노모를 살뜰히 챙기는 순수하고 괜찮은 남자로 보였어요. 그는 주로 살짝 익힌 달걀 프라이와 베이컨, 블루베리 팬케이크 몇 장과 커피를 여러 잔 주문했어요. 인근 동네에서 자랐다고 했고 다른 종업원들도 그를 반겼어요. 자신을 전문 사진작가라고 소개하기에 한번은 항상 옆구리에 끼고 다니는 커다란 작품집을 볼 수 있냐고 물었죠. 한가한 오전 시간이었어요. 그때 나는 주방 조리대에 흘린 커피와 시럽을 닦고 있었는데, 그가 자기 옆에 앉아보라고 손짓하며 검은 가죽 커버의 커다란 작품집을 펼쳐 사진을 보여줬어요.

사진들은 정말 멋졌어요. 로렌스의 고향은 허름한 해안 마을이었다가 관광지가 된 곳이었는데 구름이 뒤덮인 바닷가 마을의 황량한 아침 풍경과 피사체에 대한 애정 어린 시선이

근사하게 어우러졌죠. 촌스럽게 번쩍이는 바닷가 귀금속 가게 밖에는 상스러운 남자들이 금방이라도 야유를 날릴 것 같은 입으로 젖은 담배를 물고 서 있었어요. 나라와 미래를 걱정하는 멋진 남자들 같았죠.

사진을 보고 내가 얼마나 감동받았는지 알겠죠? 그가 작품집을 덮을 때는 나중에 내 사진도 찍어줄 수 있냐고 물어볼 정도였다니까요.

그래요. 여러분이 무슨 걱정을 하는지 다 알아요. 그러니까 군이 말하지 않아도 돼요. 로렌스에게 그렇게 물었을 때 내 안의 또 다른 나도 열아홉 조지아에게, 그러니까 자기가 이제 다 컸다고 생각하는 순진한 조지아에게 소리쳤거든요. 난 한동안 이걸 마음속으로 외쳤어요. "잘 모르는 남자에게 날을 잡아 사진을 찍어달라고 하는 건 '날 안아줘요. 삐-. 위험 신호'라는 뜻이야."

그래요. 하지만 내 얘기도 좀 들어봐요. 내 안의 라이엇 걸은 그 소름 끼치는 상황을 상상하며 분개했지만 내 안의 또 다른 소녀, 엄마의 순진한 딸은 어깨를 으쓱하며 괜찮다고, 별일 없을 거라고 했어요.

로렌스와 사진을 찍기로 한 날, 결국 나는 약속 장소에 나갔어요. 약속을 어기는 게 무례하다고 생각해서 나간 건 아니었어요. 좀 무섭긴 했지만 내 사진을 찍는다는 사실에 엄청 '들떠' 있었거든요! 그때 나는 예의를 그렇게 중요하게 생각하지 않았고 머릿속에는 그저 내 사진을 찍는다는 기대감만 가득했어요. 카페 밖에서 로렌스가 나를 구석구석 훑어보고 다른 옷으로 갈아입으면 좋겠다는 생각을 하지 않도록 카페 유니폼인 멜빵바지가 아닌 다른 옷을 입고 나갔죠. 과한 화장에, 주름 장식의 꽉 끼는 벚꽃 무늬 상의와 7부 바지를 입었고 작은 키를 감추기 위해 1990년대 스타일의 통굽 샌들도 신었어요. 발목을 삐거나 넘어지기도 한다지만 통굽 샌들은 당시 최고 인기였거든요. 목에 딱 맞는 목걸이에 반짝거리는 사과향 스프레이까지 온몸에 뿌렸는데 얼핏 보면 '그웬 스테파니'와 '스파이스 걸스'를 섞은 듯한 느낌이 났어요. 아니, 이건 그냥 내 생각이에요. 그냥 그렇다고요.

로렌스와는 카페에서 만나기로 했어요. 동네를 돌며 상점이나 그라피티를 배경으로 사진을 찍을 거라는 내 예상과 달리 그는 차에서 기다리고 있었어요. 그러면서 자기 차에 타라고 손짓을 하더군요. 차에 단둘이 말이죠.

오, 저기 두 번째 붉은 깃발이 보이네요. 이번에는 경고음도 들리는 것 같고요. 알려줘서 고마워요!

하지만 안타깝게도 열아홉 살 조지아는 붉은 깃발을 보지 못했어요. 나는 아무런 저항이나 의심도 하지 않고 차에 냉큼 올라탔죠. 지금 생각하면 그때의 나는 옆에 있는 남자가 뭘 요구하든 그에 맞춰주고 싶은 마음이 자신감이나 자존감보다 더 컸던 것 같아요.

여러분은 다른 사람 차에 탔는데 이상하게 '기분이 나빴던' 적이 있나요? 로렌스의 차는 성인 남자가 아니라 남자애들 차 같았어요. 낡아서가 아니라요, 그렇게 따지면 애지중지하는 내 차는 거의 유물급인걸요. 그래서 차에 탔을 때 가슴이 철렁 내려앉았어요. '그제야' 붉은 깃발의 신호를 알아차린 거죠. 그런 느낌 있잖아요?

쓰레기가 차 안 여기저기에 나뒹굴고 좌석 덮개는 너덜너덜하고 얼룩져 있었어요. 천장도 다 찢어지고 때가 꼬질꼬질했어요. 아니, 어떻게 하면 차 천장이 찢어지나요? 차 안에서는 어릴 적 오빠 방에서 맡았던 사향 냄새가 났어요. 입 냄새처럼 구린 냄새 말이에요. 안 씻은 남자들이 창문 꼭 닫고 방에 있을 때 나는 냄새요. 남자들은 내가 무슨 말 하는지 알 거예요. 차 안에는 로렌스가 입었던 걸로 추정되는 운동복과 지저분한 흰 티셔츠도 있었어요. 평소에도 이렇게 지저분했나 싶더라고요. 차 안은 카페처럼 익숙하고 안전한 곳이 아니라는 걸 전혀 몰랐던 거죠.

하지만 그렇다 할지라도 로렌스의 기분을 망치고 싶지 않았어요. 사람이나 차를 보고 평가하며 혼자 잘난 척하는 인간으로 보이기도 싫었고요. 그래서 그저 '너무 재미있을 것 같다'고 말하면서 예의 바르게 미소를 지어 보였죠. 이렇게 나 자신을 설득하면서 의심이나 거리낌을 마음속에서 몰아내려고 했던 것 같아요. 그 순간만큼은 엄청난 낙관주의자였네요. 나를 향해 미친 듯이 돌진하는 곰한테 '다 괜찮아', 이렇게 말하고 있었으니 말이에요.

난 그냥 하던 대로 얌전히 있었던 건데, 후회하기엔 너무 늦은 상황이었을까요? 우린 같이 차에 타고 있었고, 로렌스가 미리 제안한 거니 크게 문제될 게 없다고 생각했어요. 우린 샌타모니카 산맥의 멋진 풍광을 감상하며 드라이브를 했죠. 바다를 배경으로 사진도 찍었고요. 일이 터진 건 언덕으로 이어진 좁은 2차선 도로에 접어들었을 때였어요.

도로를 지나는 차가 한 대도 없었어요. 낡은 차바퀴가 자갈을 밟을 때마다 우두둑 소리가 났고 그때서야 나는 엄청난 실수를 했다는 걸 번뜩 깨달았죠. 나는 낯선 남자의 차 안에 있었어요. 단둘뿐이었죠. 우리가 어디 있는지 아는 사람이 아무도 없었어요. 알려줄 방법도 없었고요. 지금이야 무슨 일이 생기면 친구한테 급한 연락이 왔다며 거짓으로 둘러댈 수 있지만 당시는 그게 불가능했어요. 1990년대 후반이었거든요. 휴대폰이 나온 지도 얼마 안 됐을 때였고 종업원 월급으로는 살수도 없었어요.

그야말로 오도 가도 못하는 신세가 된 거죠. 앞에는 산봉우리가 어렴풋이 보였어요. 당시 나는 이날의 약속에 관한 얘기를 아무에게도 안 했어요. 돌이켜보면 혼자만의 비밀로 간직하고 싶었던 것 같아요. 그리고 그게 실수였다는 것도 깨달았죠. 친구나 가족 한 사람한테라도 얘기했다면 분명 가지 말라고 말렸을 텐데, 그러면 난 안 가겠다고 로렌스에게 얘기했을 거고, 로렌스를 따라나서지 않았을 거고, 로렌스는 날 그냥 멍청한 여자 취급하고 일은 마무리됐을 거예요. 난처한 상황에 처하는 것보다 욕은 먹을지언정 아무 일도 일어나지 않는 게 훨씬 낫죠!

아무튼 그때부터 심장이 빠르게 뛰기 시작했고 난 두 손을 꼭 맞잡았어요. 불안할 때마다 쉴 새 없이 떠드는 습관도 튀어나왔죠.

나는 내 비밀 병기로 상황을 이겨내려 했어요. 내게는 라이엇 걸에 대한 믿음과 범죄물 마니아로 살면서 터득한 전략들이 있었거든요. 성공할지는 모르지만 범죄물에서 봤던 수많은 생존 기술을 생각해냈죠. 지나치게 극적인 면이 있긴 하지만 텔레비전 프로그램 〈아메리카 모스트 원티드〉*, 아니면 스토커들이 죽기 살기로 싸우거나 가정 폭력 가해자인 남편이 천벌을 받는 등의 끔찍한 영화 속 장면들을 떠올렸어요. 거기에 범죄물의 대가인 앤 룰의 책에서 봤던 실생활 생존 기술을 더해 내 나름대로 작전을 짠 거죠.

먼저 마음속으로 생존 기술 도구 상자를 열고 처음 손에 잡히는 기술을 일단 적용했어요. 그에게 내 개인적인 이야기를 더 많이 들려준다. 그러면 나를 더 인간적으로 생각하게 될 테고, 나를 해칠 가능성도 줄어들겠지? 인간적으로 접근했는데 비참한 결말을 맞는다면 그 작전은 실패한 거겠죠.

난 빠른 속도로 내 조상의 비극적인 이야기를 떠들어댔어요. 동유럽 지역에서 핍박받던 유대인 조상은 자신이 일군 터전을 버리고 떠나야 했고, 수십 년간 떠돌이 생활을 하며 죽을 뻔한 고비를 넘기다가 미국 대륙으로 이주했다, 그래도 성실과 열정으로 다시 일어섰고 꽤 괜찮은 삶을 살다가 갔다, 뭐 그런 이야기를 죽 들려줬죠. 그러니까 난 '아메리칸 드림'의 후예다! 네가 날 죽이면 아메리칸 드림을 죽이는 거다! 내 나름대로는 이런 논리였어요.

---

* America's Most Wanted, 범죄자 공개 수배를 주제로 한 미국의 텔레비전 프로그램.

내가 마약 중독으로 재활 치료를 받았던 경험까지 쥐어짜 내 이야기를 이어갈 때쯤 로렌스는 사진 촬영 장소, 그러니까 예상 범행 장소에 차를 댔어요.

우리는 차에서 내렸고 난 도로를 벗어나 오솔길로 향하는 로렌스를 몇 발자국 뒤에서 순순히 따라갔어요. 그러면서도 언제든 위험하면 뒤돌아 도망쳐야 한다고 생각했죠.

상황은 그랬지만 도착한 장소는 정말 멋졌어요. 햇볕이 내리쬐는 따스한 날이었고 익숙한 파도 소리에 마음이 평온해졌어요. 오솔길 끝에는 가파른 절벽이 있었는데 태평양 연안 도로가 한눈에 내려다보이고 먼 바다 너머로 카탈리나섬의 윤곽도 어렴풋이 보였죠.

왼쪽에는 샌타모니카 항구의 대관람차가 우뚝 솟아 있었어요. 어릴 적 아빠와 함께 보았던 대관람차였죠. 가까이서 보진 못했지만 어린 시절 빠지지 않고 참석했던 유대인 여름 캠프에서 20분 떨어진 해안가에 있다는 걸 알았죠. 어쩜 이런 비극이! 이스라엘 캠프 송을 불렀던 바로 이곳에서 혹시 어쩌면, 아마 죽을지도 몰라! 이렇게 생각했거든요.

어차피 다 소용없는 생각이었어요. 그곳을 벗어날 수는 없었어요. 아무리 외딴곳이라 해도, 몇 번이나 그의 제안을 뿌리치지 못하고 순순히 따랐다 해도 마음만 먹으면 '언제든' 도망칠 수 있었다는 걸 이제는 알아요. 쉽지는 않겠지만 그래도 그런 선택을 할 수는 있죠. 하지만 당시에는 그놈의 '빌어먹을 예의'가 스멀스멀 나를 짓누르기 시작했어요. 그리고 완전히 짓눌리기 전에 스스로 이 상황을 수습해야 한다고 생각했어요. 힘들겠지만 이 상황을 헤쳐나갈 사람은 나밖에 없었어요. 그때 약간의 용기만 더 있었으면, 혹은 스마트폰이나 우버 같은 게 있었으면 이런저런 핑계를 대고 그 자리를 떠났을 거예요. 하지만 그러지 못했죠.

이 상황에서 뒤돌아 소리치며 갑자기 도망가는 건 너무 이상하지 않나? 심지어 이 남자는 나한테 아직 아무 짓도 안 했잖아. 나 혼자 피해망상에 빠진 거겠지. 이렇게 생각한 거죠. 그래서 난 직감을 접어두고 일단 상황을 지켜보기로 했어요. 바보 같으니.

로렌스는 나에게 바다를 배경으로 서보라고 했고 카메라를 꺼냈어요. 나는 마음을 진정시키려고 여러 차례 심호흡을 했죠. 바다에는 출렁이는 파도 위에서 서핑을 즐기는 사람들이 보였어요. 잘 알지도 못하는 남자와 산꼭대기에 고립돼 있으니 저 해변에 있다면 얼마나 좋을까 생각했어요.

놀랍게도 그 순간 린다 소베크가 떠올랐어요. 예쁘고 착한 모델이었던 린다는 사진 촬영 시 사진작가와 단둘이서는 촬영하지 않겠다는 원칙을 세웠음에도 불구하고 1995년 인적 드문 LA 외곽에서 프리랜서 사진작가 찰스 래스번과 단둘이 촬영하던 중 잔인하게 강간, 살해당하고 암매장됐죠.

당시 나는 래스번에게 종신형이 내려진 재판 과정을 관심 있게 지켜봤어요. 린다와 그녀의 가족을 생각하면 너무 마음이 아팠어요. 그동안 자신의 원칙에 따라 안전하게 촬영을 했는데도 나쁜 인간을 믿은 단 한 번의 실수로 악마에게 죽임을 당했으니까요. 내가 정말 화가 났던 부분은 왜 사건이 일어난 그때 자신의 직감을 믿지 않았나 하는 거였어요. 믿었다면 목숨은 구할 수 있었을 텐데. 내가 산꼭대기에서 로렌스와 촬영하고 있을 때 린다의 영혼이 나를 봤다면 과연 무슨 말을 했을까요?

로렌스가 카메라 렌즈에 눈을 가져다댈 때 나는 내 직감이 맞았다는 확신이 들었어요. 그때는 정말 무서웠어요. 살면서 그렇게 직관적으로 뭔가를 느끼고, 그 직감을 확신한 적이 없을 거예요. 지금도 그 순간이 생생해요. 카메라 렌즈가 아니라 바로 나를 쳐다보던 그의 눈이 험악하고 무섭게 변했어요. 두려움은 점점 커져서 그의 몸집만 해졌고 나를 노려보는 눈빛에서 10대 여자애를 꾀어 외딴곳에 데려간 그의 행동이 문제라는 걸 분명히 알 수 있었죠. 린다를 비롯해 오랜 세월 수많은 남자들에게 같은 수법으로 속아 넘어갔을 여자들을 떠올렸어요. 신사의 탈을 쓴 괴물의 꾐에 빠진 불운한 여자 대열에 내가 들어갈 줄이야! 이게 다 직감을 무시하고 망할 놈의 예의를 차린 탓이라고 생각했죠.

스물세 살의 재니스 오트는 팔에 붕대를 감은 잘생긴 남자, 후에 테드 번디로 밝혀진 연쇄살인범을 도와주다 살해당했어요. 양육권 소송 때문에 돈이 필요했던 열아홉 살의 주디 앤 둘 역시 훗날 연쇄살인범으로 밝혀진 사진작가 하비 글래트먼의 모델로 일하다 살해됐고요. 하비 글래트먼은 글래머 여성만 노린 살인범으로 유명했죠. 두 여자 모두 고통스럽게 죽었어요. 그들은 언제 위험 신호를 감지했을까요? 애매해서 못 보고 지나치다가 위험에 빠졌다는 적신호를 정확히 인지한 시점이 언제일까요?

점잖고 친절한 줄 알았던 남자는 온데간데없이 사라지고 낯선 남자가 카메라를 통해 날 쳐다보고 있었어요. 북적거리는 카페에서 농담을 주고받던 남자, 엄마를 잘 챙기고, 팬케이크에 메이플 시럽을 뿌려 먹는 걸 좋아하고, 종업원에게 항상 20퍼센트의 팁을 챙겨주던 그 남자는 이제 없었어요. 카메라를 들고 있는 무서운 괴물만 남았죠. 내 눈에 비친 그의 표정은 험악하고 영혼이 없었어요. 사진을 찍고 나서 저 얼굴로 무슨 짓을 할지 예상이 됐어요.

너무 무섭고 겁이 나서 얼른 촬영을 끝내고 집에 가고 싶었어요. 바보 같은 화장을 싹 지우고 편한 신발로 갈아 신고 똑똑한 여자로 돌아가고 싶었죠. 그동안 범죄물에 빠져 살기도 했고 라이엇 걸처럼 행동하면 위험한 상황은 면할 줄 알았어요. 하지만 책이나 찢어진 타이츠, 인형 옷 같은 것들이 두려움을 없애주지는 않더라고요.

오히려 세상에 경고를 날리는 공격적인 페미니스트조차 얼마나 쉽게 범죄의 표적이 될 수 있는지 새삼 느꼈어요. 상대가 매력적일수록 우리의 경계심은 쉽게 무너져요. 생각보다 우리는 감언이설과 속임수에 잘 넘어가죠.

한쪽 눈으로 강렬하게 날 노려보던 로렌스는 셔터를 눌렀고 난 그저 촬영을 빨리 끝내고 그 자리를 뜨고 싶다는 생각뿐이었어요. 난 로렌스가 시키는 대로 포즈를 취하고 미소를 지었어요. 그가 멋진 배경을 찾으려 내 앞을 분주히 돌아다닐 때도 나는 절벽 끝에 가만히 서 있었죠. 내 뒤로는 태평양이 펼쳐져 있었고 내 앞에는 한때 겨우 대화 몇 마디만 나눴을 뿐 이제는 도무지 정체를 모르겠는, 거구의 남자가 어슬렁거리고 있었어요.

촬영이 끝날 때쯤 로렌스는 괜찮은 사진을 건졌는지 기분이 좋아 보였어요. 그때는 또 나 혼자 너무 예민하게 굴었나 싶더라고요. 그런데 그 순간 그가 말을 걸었어요. "블라우스 좀 벗어볼래?"

난 순순히 옷을 벗었고 찰칵찰칵 셔터 소리가 들렸어요. 정신을 다른 데로 돌리려고 린다의 영혼을 떠올렸어요. 그런 다음 위대한 라이엇 걸 조지아는 '망할 놈의 예의 따위' 정신을 끌어모아 로렌스의 거시기를 차버리고 구린 차를 훔쳐 욕 나오는 그곳을 탈출했답니다!

끝.

음, 네, 사실 진짜 이랬다는 건 아니고요. 속으로는 정말 이러고 싶었는데 태어날 때부터 기본값이 '순종'으로 설정된 예의 바른 어린 소녀는 이런 상황에서 거부 의사를 밝힐 때 예상되는 상황이 너무 두려웠던 나머지 라이엇 걸 정신을 절벽 끝으로 차버렸어요. '망할 놈의 예의 따위' 정신도 이제는 대안이 아닌 것처럼 느껴졌죠. 적어도 현명하고 안전한 선택은 아닌 것 같았어요.

그가 윗옷을 벗을 수 있냐고 물어볼 생각도 하지 못하게 순간순간 찾아왔던 내 직감을 믿었어야 했는데! 날 차에 태우고 산에 데려가 내리라고 했을 때 불편하고 불쾌했던 내 직감을 믿었어야 했는데! 그때의 난 그걸 대수롭지 않게 넘겨버린 거죠. 솔직히 어떻게 해야 할지 몰랐어요. 사실 내 안에는 소름 끼칠 정도로 싫은 친구가 살고 있어요. 욕이 나오는 상황에도 진정하라고 말하고 내가 피해망상을 보이면 제발 진정하라고, 눈을 끔뻑이며 날 쳐다보는 거죠. 그렇지만 실제로 내 친구가 이런 상황에 처했다면 난 당장에 그 개 같은 상황에서 빠져나오라고 했을 거예요. 상황을 심각하게 받아들였을 거예요. 그런데 왜 나 자신에게는 그렇게 하지 못했을까요?

만약 내가 옷을 벗지 않겠다고 하고 산 정상에서 눈치 없이 '튀어나온 내 젖꼭지를 촬영하는 일 따위는 집어치우고 당장 여기를 떠나자'고 요구했다면 어떤 일이 벌어졌을까요? 사실 워낙 무섭고 위협적인 상황이었기 때문에 당시에는 이런 생각을 하지도 못했어요. 물건 취급당했다는 생각에 모욕감만 느꼈죠. 어쩌면 당연한 결과였는데, 옷을 벗으라는 요구에 긍정으로 답하면 실제로 무슨 일이 벌어질 거라고 생각했던 걸까요?

난 충격으로 멍한 상태였어요. 몸 안에 갑자기 다른 사람이 들어간 것 같았죠. 나는 주름 장식의 벚꽃 무늬 블라우스를 벗어서 흙바닥에 내던졌어요. 그의 요구에 따라 브래지어도 벗어던졌죠. 그리고 나서 그가 원하는 대로 포즈를 다 취해줬어요. 가슴을 기댄 바위가 굴욕의 눈물로 뒤덮이게 할 수는 없었거든요.

촬영이 끝난 후 난 블라우스를 다시 입고 브래지어를 뒷주머니에 구겨 넣었어요. 옷을 입었어도 기분이 하나도 나아지지 않았죠. 내 젖꼭지는 로렌스의 카메라 속 필름 안에 우뚝 솟아 있을 것이고 마음만 먹으면 그는 그 사진으로 뭐든 할 수 있겠죠. 하지만 더 이상 생각하지 않기로 했어요. 많이 창피했거든요. 다른 생각을 할 마음의 여유가 없을 정도로 온 신경이 곤두서 있었기에 차로 돌아가자는 로렌스의 말에 바로 응했어요.

난 산을 내려가 카페로 돌아가자고 했어요. 촬영 외에는 아무 일도 없었지만 모든 상황이 충격으로 다가왔죠. 우리는 '드디어' 카페로 돌아왔고 난 그의 차에서 뛰다시피 내린 뒤 내 차를 타고 문을 잠갔어요. 몇 블록 못 가서 차를 도로변에 댔고 운전대에 얼굴을 박고 엉엉 울었죠. 아이라이너가 지워지면서 얼굴은 엉망이 됐고 안도감과 수치심이 나를 엄습했어요. 안도감은 옷을 더 벗으라거나 치근덕대는 등 최악의 상황은 피했다는 사실에서 온 것이었어요. 혹시 그러려고 했는데 내가 무서워하는 걸 감지하고는 마음을 바꾼 걸까요? 옷을 벗지 않겠다고 내가 단호하게 거절했다면 무슨 일이 일어났을까요? 버럭 화를 냈을까요? 내가 이 사건에 대해 다른 사람한테 말할까 봐 불안해하긴 했을까요? 자신의 평판을 내가 망쳐 놓지 않도록 무슨 짓을 또 했을까요? 내 거부 의사에 대한 그의 반응을 예측하는 것보다 그가 원하는 대로 순순히 따르며 착하고 협조적으로 구는 게 훨씬 쉬운 일이었어요.

물론 그 이후에도 살면서 예의 따위를 버려야 했던 상황을 자주 마주했어요. 하지만 난 이제 엄청나게 다양한 방법으로 그런 권리를 행사했다고 자신 있게 말할 수 있어요. 나와 그다지 가깝지 않은 남자가 술 한잔 하자고 권했을 때도 나는 아주 잘 대처했고 지금까지도 그런 내가 자랑스러워요. 친구들과 술집에서 놀 때였어요. 밤이 깊어서 친한 친구들은 거의 집에 가고 없었죠. 난 남은 친구들 몇과 모임 파장 분위기를 마지막으로 즐기고 있었고요.

술집에 있던 한 남자가 여러 번 술을 권했지만 난 거듭 거절했어요. 그 술을 마시면 바로 뻗을 것 같았거든요. "하룻밤 상대가 되는 건 싫다"라고 말하기도 전에요. 그리고 나도 알아요. 잘 모르는 남자가 술 한잔 사겠다는 건 여러분 짐작대로 위험 신호, 붉은 깃발이라는 걸! 하지만 단호한 내 거절에도 그는 집요하게 술을 권했고 결국 붉은 깃발이 코앞에서 펄럭일 때 난 정말 열이 받았어요.

다음에 무슨 일이 벌어졌을지 쉽게 짐작할 수 있을 거예요. 그 남자는 결국 술을 샀어요. 물론 잘못된 행동이었죠. 술을 권하면서 그 사람은 건배를 외쳤어요. 웃기죠? 그와 그 주변의 몇몇 남자들이 한잔 하라고 야유를 날릴 때 난 그저 불신의 눈으로 그를 쏘아봤어요. 마시기 싫다고 분명히 말했으니까요. 라이엇 걸 이전의 조지아라면 '쿨한 여자'처럼 보이고 싶어서 술을 넙죽 받아먹었을지도 몰라요. 술자리 남자들과 연락처를 주고받았을지도 모르죠. 상대에게 호감을 얻으려 늘 그래왔거든요.

하지만 나는 이제 과거의 조지아가 아니었어요. 스스로 판단하고 내 운명은 내가 결정했죠. 난 나를 믿었고 내 안전을 위해서라면 상대에게 무례를 범하건 말건 전혀 개의치 않았어요. 솔직히 그 남자에게 빚진 것도 없으니까요. 그래서 난 먼저 미소를 날린 다음 날카로운 눈빛으로 그 남자들을 쳐다봤어요. 그러고 나서 술잔을 대차게 뒤집어엎었었죠. 끈적거리는 술집 바닥에 술이 쏟아졌어요. 소지품도 전부 바닥에 떨어져 엉망이 되었죠.

아, 박수 고마워요.

로렌스와의 촬영 사건은 15년쯤 지나 함께 팟캐스트를 진행하는 캐런에게 처음 털어놓았어요. 하지만 옷을 벗었다는 얘기는 하지 못했죠. 그런 얘기까지 할 용기는 안 났거든요.

내 사연을 들은 캐런은 1970년대 강간살인범 로드니 앨캘라에 대한 이야기를 들려줬어요. 로드니 앨캘라는 수백 명의 여성에게 자신을 전문 패션 사진작가라고 속이고 '작품집'을 핑계로 촬영을 요구했어요. 그는 여성의 사진을 찍고 여성을 강간하고 살해했죠. 희생자 수는 훨씬 더 많았지만 결국 다섯 명을 살해한 죄로 그는 사형 선고를 받았어요.

캐런과 난 절대 피해자에게 잘못이 있다고 생각하지 않아요. 피해자에게 책임을 전가하는 건 이런 끔찍한 상황을 한 번도 경험해보지 못한 사람들이 쉽게 빠지는 오류예요. 누구라도 '정확히 같은 상황'에 처한다면 애초에 왜 여성들이 앨캘라와 단둘이 남게 되고 지옥을 경험하게 되는지 이해할 수 있을 거예요. 내가 그랬던 것처럼요. 난 그 여성들과 같은 선택을 했던 과거의 내 모습을 절대 잊지 못해요. 어쩌면 나도 그 여성들처럼 살해당할 수 있었으니까요.

촬영을 빌미로 으슥한 곳에 여성들을 데려간 앨캘라 얘기를 캐런에게 듣기 전까지 난 사진을 찍겠다고 로렌스를 따라나섰던 내 멍청함을 탓했어요. 캐런과 난 절대 피해자를 비난하지 말자고 약속했죠. 그런데 나는 나 자신을 쓰레기 취급했네요. 여기서 더 비참한 사실 하나 알려줄까요? 내가 만약 로렌스에게 성폭행이라도 당했다면 그 상황을 자초한 나를 탓했을 거예요.

캐런에게 로렌스와의 일을 털어놓고 몇 달쯤 지났을 때 난 심리치료사를 찾아가 이 주제로 이야기를 나눴어요. 로렌스를 따라간 건 멍청한 내 잘못이 아니라고 나 자신을 설득하는 데 한계를 느꼈거든요. 난 로렌스에게 화를 낼 자격도, 스스로를 피해자라고 여길 자격도 없다고 생각했어요. 다른 여성들은 비슷한 상황에서 더 심한 일도 겪었으니까요.

그만큼 너무 부끄러웠어요. 다른 사람 앞에서 옷을 벗은 채로 사진을 찍혔다는 사실보다 나를 통제할 수 없었던 상황이 더 수치스러웠어요. 그런 건 내가 가까스로 무장한 강한 페미니스트의 모습이 아니었거든요.

하지만 실상은 10대 소녀를 꾀어 환심을 산 성인 남자가 외딴곳으로 여자를 데려간 거예요. 위험한 상황으로 몰아넣기까지 했고요. 치료사에게 이렇게 말하고 나서야 비로소 나는 그날 일에 대해 나에게 들이댔던 가혹한 잣대를 거둘 수 있었죠. 치료사는 그런 끔찍한 상황에 처했던 린다나 재니스, 주디의 사례에서 정말 피해자의 잘못이 없었다고 생각하는지 내게 물었어요. 나는 잠시 생각에 빠졌어요. 문제가 되더라도 치료사에게는 솔직해야 했죠. 그래서 말했어요. 피해 여성들은 자신들이 당한 일에 대해 어떤 방식으로든 비난을 받아서는 안

된다고요.

때로는 원치 않는 힘겨운 상황이나 상대에게 당당하고 용기 있게 맞서는 것이 불가능하게 느껴지기도 해요. 이럴 때 적용하는 '망할 놈의 예의 따위' 정신은 철칙이 아니라 연습이자 훈련 같은 거예요. 살아가며 터득하는 기술 같은 거죠. '망할 놈의 예의 따위' 정신을 주머니 속에 넣고 다니는 무기라고 생각하세요. 술을 사주겠다는 남자들을 상대로 연습해보세요. 마치 전사처럼 무기를 휘두르는 법을 배우게 될 거예요. 연습을 하다 보면 어떤 상황에서 어떤 수준으로 예의를 던져버려야 하는지도 감이 올 거예요. 이런 이유로 위험 신호, 즉 붉은 깃발을 정확히 파악하는 게 중요해요. 붉은 깃발은 수정 구슬처럼 어느 수위로 "꺼져!"를 외쳐야 할지 알려주거든요.

요점은 바로 '망할 놈의 예의 따위'예요. 문제의 심각성을 생각할 때 어느 정도가 적당할지 재고 따지는 생각도 엿이나 먹으라 해요. 지금까지 예의 바른 사람으로 자랐다면 그렇게 하기가 쉽지는 않을 거예요. 하지만 여러분은 할 수 있어요. 일단 해보면 자신감이 붙을 거예요. 여기서 또 중요한 것 하나. 여러분이 예의 따위를 집어던지지 못하거나, 거부의 말을 입 밖으로 꺼내지 못하거나, 예의 따위가 중요한 게 아니라고 알려주는 붉은 깃발을 쉽게 알아차리지 못하는 사람이라면

이 하나만 명심하세요. 아무것도 하지 못해서 일어난 그 어떤 일도 당신 잘못이 아니에요. 다치지 않도록 미리 준비할 수 있는 사람은 없어요.

나도 내가 포식자의 쉬운 먹잇감이라는 걸 깨닫기까지 시간이 좀 걸렸어요. 쿨하고 멋진 라이엇 걸 정신은 자존감을 지키고 이상적 자아상을 만드는 데는 효과가 좋았지만 내 직감에 따라 행동하게 해주지는 못했죠. 이게 내가 로렌스 사건을 통해 깨달은 교훈이에요. 이런 건 학교에서 가르쳐주지 않죠.

세상에 무슨 일이 일어날지 누가 알겠어요?

(((((('나')))))

　범죄를 주제로 팟캐스트를 진행하면서 조지아와 함께 만들어 외친 긍정적 삶의 구호 중에 '망할 놈의 예의 따위'가 제일 마음에 들어요. 직설적이고 귀에 딱 꽂히거든요. 무슨 선전 구호 같다니까요. 그리고 이 구호는 수년간 나를 길러낸 세계관을 압축해서 보여주죠. 권력 앞에서 건강한 무례를 행할 줄 알아야 한다는 건 부모님의 가르침이었어요. 그래서 망할 놈의 예의 따위 정신은 내 마음속 깊이 닿아 있죠. 난 그 정신을 당연하게 생각해요. 부모님과 함께 실천해왔고 난 그런 부모님을 존경하거든요. 이제 여러분에게 조언이 될까 싶은 이야기를 하려고 해요. 그렇게 부담스러운 이야기는 아니니 겁먹지 않아도 돼요. 조지아도 쉽게 털어놓을 수 없는 이야기를 했으니, 내 이야기도 들려주고 싶어요.

내 엄마 퍼트리샤는 2016년 1월 9일에 돌아가셨어요. 예순세 살에 알츠하이머를 진단받은 후 12년이 지난 때였죠. 아빠와 언니, 나 모두 엄마의 알츠하이머 때문에 오랜 시간 고통으로 얼룩진 삶을 살았어요. 우리는 엄마와 뭘 하며 시간을 보내야 할지, 또 엄마 없이 어떻게 살아야 할지 몰랐어요. 그렇게 두 가지 고민을 한번에 떠안고 살았죠.

알츠하이머는 외가 쪽 유전이었어요. 외할머니도 알츠하이머로 돌아가셨죠. 유쾌하고 밝고 헌신적이었던 외할머니는 내가 일곱 살 때 우리 집으로 이사를 왔어요. 우리는 할머니의 병이 악화되는 걸 그저 지켜볼 수밖에 없었죠. 그러다 결국 가족 누구도 원하지 않았지만 할머니를 악몽 같은 요양 병원으로 보내게 됐어요. 알츠하이머 환자를 가족으로 둔 여느 사람들처럼 할머니가 서서히 사라지는 걸 고통스럽게 바라볼 수밖에 없어 엄청난 죄책감을 느꼈고 할머니를 매일 찾아뵙지 못해 너무 죄송했어요. 그렇게 할머니가 돌아가셨어요. 평생 슬플 것 같던 마음도 금방 괜찮아지더라고요. 어느 정도 일이 마무리되고 편안한 마음이 들기도 했는데 이런 안도감조차 할머니에게 죄송스러웠어요. 그렇게 20년이 흘렀고 엄마가 알츠하이머에 걸리면서 그때의 악몽이 다시 시작된 거예요.

엄마가 알츠하이머 진단을 받고 5년쯤 지났을까, 파티에서 만난 친구가 내게 어떻게 지내냐고 물었어요. "잘 지내. 집에서 엄마를 돌보는 아빠와 언니가 더 힘들지 뭐." 다른 사람이라면 보통 이렇게 대답했을 거예요. 나도 그렇게 말하려고 했지만 진심은 그게 아니었어요. 대신 난 이렇게 말했죠. "알츠하이머에 걸린 부모와 함께 산다는 건 실시간으로 공포 영화를 찍는 거나 마찬가지야. 지루하고 따분한데 또 소름 끼치게 무서워. 영화 〈죠스〉를 실제로 경험한다고 생각해봐. 딱 그런 거야. 바다를 유유히 헤엄치고 있는데 사람들이 갑자기 소리를 질러. '상어다!' 그럼 완전히 공황 상태에 빠지겠지? 그런데 그때 또 다른 사람이 '상어는 32킬로미터 밖에 있다'고 외치는 거야. 그러면 좀 진정이 되겠지? 그런데 또 누가 확성기에 대고 너한테 '지금 물 밖으로 나오면 안 된다'고 말해. 그러면 또 극심한 공포에 휩싸여. 안간힘을 쓰면서 온몸을 허우적대고 도와달라고 소리쳐. 왜 나만 이렇게 죽어야 되냐며 비명을 지르겠지? 다른 사람은 다들 육지로 가는데 왜 나만 식인 상어와 바다에 있어야 되냐고, 나가야 한다고 소리칠 거야. 하도 소리를 질러서 목이 다 쉬겠지. 심지어 대답하는 사람도 없어. 결국 넌 이게 운명인가 보다 하고 체념해버려. 그러면서도 뭔가 몸에 닿을 때마다 죄다 상어 같은 느낌인 거야. 진정이 안 되지. 몸에 닿는 게 뭔지는 몰라도 사지가 저절로 움직일 거야. 무기가 될 만한 건 손에 잡히는 대로 확 움켜잡기도 하는데 잡고 보면 다 해초야. 지나가는 배에는 여유롭게 햇살을 즐기는 가족들이 잔뜩 타고 있어. 구역질이 날 정도로 그 사람들이 미워. 너무 지치고 힘들어서 눈물이 나와. 머리는 터질 것 같아. 그리고 결국 온 힘을 다해 상어 쪽으로 몸을 돌리지. 이제 전방 31킬로미터에 상어가 있어. 역사상 이렇게 느린 상어는 없을 거야. 하지만 곧 코앞에 들이닥치겠지. 그렇게 바다에서 5년을 보내면 빌어먹을 상어와 친구가 되는 경지에 다다를 거야."

내 짧은 연설이 끝나고 우리는 아무 말 없이 서 있었어요. 친구는 내게 무슨 말을 해야 할지 어리둥절해했죠. 누구라도 이렇게 심각하고 딱한 이야기를 들으면 미소를 짓거나 자리를 뜨기 힘들 거예요. 친구는 상당히 불편한 눈으로 나를 쳐다봤어요. 나도 난처한 기류를 감지했어요. 내 나름대로는 감정을 절제한 건데 여름 가든파티에서 내 어두운 사생활을 너무 드러낸 거죠. 그런데 그때 알츠하이머에 걸린 아빠를 간병한 경험이 있는 친구 애덤이 침묵을 지키던 친구를 밀치고 내 어깨를 확 잡았어요. "세상에! 맞아, 나도 그랬어!" 침묵하던 친구와 난 웃음을 터뜨렸고 웃음이 멈추지 않았죠. 내 심정을 누군가 이해해주니 한결 기분이 나아졌어요. 뭔가 해방된 느낌이었죠.

그 후로 난 누가 안부를 물을 때면 절대 거짓으로 둘러대지 않아요. 질문한 사람의 마음을 배려하기보다 내 대답을 들을지 모르는 불특정 다수에 대해 생각해요. 누구든 상어가 서서히 다가오는 무서운 바다에 갇힐 수 있거든요.

요즘 엄마에 대한 이야기가 나오면 1989년쯤 집에서 엄마와 보낸 휴일 파티가 짧은 영상처럼 제일 먼저 떠올라요.

먼저 우리 집 주방이 거위 그림이 더해진 컨트리블루 스타일이라는 것부터 이야기할게요. 주방 타일도 컨트리블루고 쿠키 통에도 거위 한 마리가 그려져 있었죠. 행주까지도 컨트리블루와 거위로 장식되어 있었어요. 이런 과감한 스타일은 1970년대 디자인의 상징인 '닭'에서 벗어나려는 엄마의 필사적 몸부림이 만들어낸 결과였어요. 1975년 언젠가부터 닭 무늬에 빠진 엄마는 집안 곳곳을 닭으로 도배했죠. 그림, 달력, 접시는 물론이고 옥수수 꼬치에도 닭이 있었어요. 그러다 어느 크리스마스 아침에 선물을 풀던 엄마가 이렇게 말하는 거예요. "선물이고 뭐고 이 빌어먹을 닭 좀 저리 치워. 정말 미쳐버릴 것 같아." 아빠는 크리스마스인데 욕을 한다고 노발대발

했죠. 짜릿한 순간이었어요. 어쨌든 우리 가족은 1980년대 후반 새 집으로 이사했고 닭들이 우글대는 집에서 벗어난 엄마는 새 집을 온통 컨트리블루 거위 스타일로 꾸몄죠.

거위가 전원생활의 상징이라니 정말 웃겨요. 실제로 거위와 살아본 사람은 아마 이해할 거예요. 거위들은 빌어먹을 악마 같아요. 물론 귀엽고 사랑스럽죠. 멀리서 보면 백조 같기도 하고요. 하지만 사람이 가까이 가면 달려들면서 쉿 하는 소리나 내고 사람의 이처럼 생긴 이상하고 작은 이빨로 물려고 해요. 영화 〈판의 미로〉에 나오는 괴물 같다니까요. 거위를 볼 일이 있다면 가까이 가지 마세요.

이런 일도 있었어요. 추수감사절이었는데 놀러 온 이모들과 마을 어른들로 우리 집 주방이 북적북적했죠. 밤색 리넨 옷을 입은 엄마는 주방을 정신없이 돌아다녔고 목에는 비단 스카프가, 어깨에는 지저분한 행주가 걸려 있었어요. 엄마는 오븐에서 애피타이저를 꺼내며 가장 가까이에서 들리는 대화를 엿듣고 있었고요. 그런데 갑자기 오븐 문을 쾅 닫으면서 이렇게 소리치는 거예요. "이런, 제기랄!"

지금도 그때 일을 생각하면 눈물이 핑 도네요. 엄마는 어쩌면 그렇게 다른 사람을 신경 쓰지 않고 살았을까요. 엄마는 정말 전사 같았어요. 예리하고 매력적이고 반골 기질이 있었죠.

자기 생각이 확실했고 그 생각을 서슴없이 말했어요. 토론을 사랑했으며 항상 약자들 편에 섰고 로널드 레이건 대통령의 정책이 엄마가 열렬히 지지했던 정신 건강 증진 제도에 얼마나 상반되는 정책인지를 설파하고 다녔어요. 정신병원 간호사였던 엄마는 개인의 삶이 얼마나 복합적이고 이해하기 힘든 것인지 잘 알고 있었죠. 엄마는 섬세하고 배려심도 강했지만 애정 어린 엄격함과 불편한 솔직함을 삶의 신조로 삼았어요. 엄마야말로 '망할 놈의 예의 따위' 정신의 여왕이었죠.

엄마의 고단한 하루에 대해 말할 때면 싱글맘인 언니 로라는 놀라서 입을 다물지 못해요. 엄마는 열두 시간에서 열네 시간을 내리 정신병원 수간호사로 일하고 집에 와서도 우리가 먹을 저녁을 챙기고 이런저런 집안일을 돌보느라 바빴죠. 한마디 덧붙이자면 평소 요리는 아빠가 담당했어요. 샌프란시스코에서 소방관으로 일했던 아빠는 요리 솜씨도 좋았어요. 하지만 아빠가 일하러 가면 엄마가 식사 담당이 되었죠. 엄마 요리가 맛이 없게 느껴졌던 건 아빠표 치킨맛 즉석밥이 너무 맛있었기 때문이에요. 엄마 밥이 싫을 때는 중국 음식을 시켜 먹기도 했고요. 아빠가 일하는 날이면 언니와 난 하굣길에 마을 어른들 집에 놀러 갔어요. 우리는 농장 허드렛일을 좀 돕다가 어두워질 때까지 개울이나 들판에서 뛰어 놀았죠. 그러다 텔레비전을 보면서 놀고 있으면 엄마가 데리러 왔어요. 엄마는 집에 오면 진 이모, 스티브 삼촌과 함께 와인을 마시며 수다를 떨었어요. 엄마는 그 시간을 '어른들 시간'이라 불렀죠. 우리는 낄 수 없었어요. 방에서 언니와 텔레비전을 보다가 언니가 커다란 초록색 재떨이로 내 머리를 쳐서 내가 울면서 밖으로 나가도 엄마는 "지금은 어른들 시간이야!"라고 말했죠. 어른들의 위로를 받으려면 어른들 시간이 끝날 때까지 기다려야 했어요. 어른들 시간은 깰 수 없는 엄격한 법칙 같았죠. 저녁을 먹고 나서도 엄마와 진 이모는 식탁을 치우지 않고 몇 시간 동안이나 수다를 떨었어요. 와인을 마시고 담배를 피우며 웃고 떠들었죠. 한동네에 같이 사는 이모가 있다는 사실이 엄마의 정신 건강에 도움이 됐던 거 같아요. 당시 어른들의 저녁 시간은 1970년대 버전의 자기 관리였던 거죠.

아이들이 으레 그렇듯 어른들이 우리를 소홀히 대할수록 우리는 점점 삐뚤어졌어요. 한때는 일하는 엄마에게 너무 화가 났어요. 다른 집 엄마들은 다 집에만 있었거든요. 어쩌면 다른 사람들 눈에도 하루 종일 밖에서 일하는 엄마가 못마땅했을 거예요. 하지만 다행히 엄마는 다른 사람이 엄마를 어떻게 생각하든 전혀 개의치 않았어요. 한번은 엄마한테 제일 친한 내 친구의 엄마와 친하게 지내면 안 되냐고 물었어요. 신문을 읽던 엄마는 날 쳐다보지도 않고 이렇게 답했죠. "엄마는 지금도 친구가 많단다, 아가." 그 말을 듣자마자 난 울음을 터뜨렸어요. 왜 엄마는 학교를 마치고 돌아온 나에게 우유와 쿠키를 챙겨주는 평범한 엄마가 아니냐고, 세상은 너무 불공평하다고 외쳤죠. 엄마는 신문 귀퉁이를 접더니 날 안쓰럽게 쳐다보며 말했어요. "캐런, 너 지금 정말 웃긴 거 아니? 쿠키가 먹고 싶으면 혼자 만들어 먹으면 되잖니. 오븐 끄는 것 잊지 말고."

엄마는 강했어요. 상황에 현명하게 대처하는 법을 알았죠. 엄마는 알코올 중독인 부모 밑에서 외동딸로 자라 세상 사는 법을 일찍 터득했어요. 수수한 아름다움에 어울리는 대단히 세련된 생존 기술을 구사했죠. 하루는 엄마가 출근하는 길에 경찰이 차를 세웠어요. 하얀 간호복을 입은 엄마는 갓길에 차를 댄 뒤 즉시 차에서 내려 경찰차로 향했죠. 경찰은 차창을 내렸고 엄마는 몸을 숙여 말했어요. "수고하십니다. 제가 속도위반을 했죠? 그런데 지금 출근 시간에 늦어서 가야 할 것 같아요. 그럼 고생하세요." 그러고 나서 엄마는 자기 차를 타고 떠났어요. 이 이야기는 우리 가족 아니면 이해하기 힘들 거예요. 내 엄마라서 가능한 행동이었죠. 물론 그때 엄마에게 유리한 몇 가지 정황이 있었어요. 우선 엄마는 하얀 간호복을 입고 있었죠. 간호복은 권위적이면서도 선한 인상을 동시에 줘요. 그리고 엄마는 상대가 농담을 주고받는다는 느낌을 받도록 밝은 톤으로 말했어요. 이게 바로 '망할 놈의 예의 따위' 정신이에요. 전혀 무례하지 않죠.

어느 날 밤 아빠는 일하러 가고 엄마가 언니와 나를 데리고 식당에 갔어요. 닭튀김이 특히 맛있는 곳이었죠. 차를 타고 식당에 가는데 머리가 아프기 시작했어요. 식당에 도착할 때까지 두통이 너무 심해서 눈을 질끈 감고 있었죠. 여느 간호사와 달리 엄마는 편의점에서 아스피린 같은 약이 아니라 담배 한 갑과 껌 몇 개를 사들고 왔어요. 평소에도 내가 토할 것 같다고 하면 엄마는 그만 삐죽거리고 물이나 마시라고 했죠. 그러면 난 엄마 말에 순순히 따랐고 속은 좀 괜찮아졌어요. 사실 그것 말고는 선택권이 없었거든요. 하지만 이번에는 엄마도 내 상태가 평소보다 안 좋다는 걸 느낀 모양이에요. 다른 손님이 포크만 떨어뜨려도 움찔했고 구운 치즈를 생각만 해도 구역질이 났거든요.

그래서 종업원이 우리 테이블에 가까이 왔을 때 엄마가 말했어요. "죄송한데, 아스피린이나 타이레놀 있을까요? 딸이 머리가 너무 아프다고 해서요."

종업원은 안쓰럽다는 듯 혀를 차는 소리를 내며 말했어요.

"잠시만요. 확인해볼게요."

그러고 나서 돌아온 종업원은 아까와 달리 형식적으로 말했어요. "죄송합니다, 손님. 규정상 손님께 약을 제공하지 못하게 되어 있습니다."

이 말을 들은 엄마도 똑같이 형식적으로 대답했어요. "알겠습니다. 아무튼 고마워요."

난 울고 싶었죠. 저녁을 다 먹을 때까지 깨질 것 같은 머리를 붙들고 앉아 있어야 하나 싶었어요. 엄마는 전혀 신경 쓰지 않는 것 같았고요. 난 눈을 크게 뜨고 몸을 엄마 쪽으로 돌려 불만을 터뜨렸어요. 그때 팔짱을 낀 종업원의 삐쭉 튀어나온 주먹이 보였어요. "오늘의 수프 추천해도 될까요?"

종업원을 보던 엄마는 주먹을 쥔 그녀의 손을 가볍게 훑으며 답했어요. "그거 좋죠." 종업원은 달그락거리며 오늘의 수프를 가져왔고 바로 우리 테이블을 떠났어요.

그리고 엄마는 컵을 내 쪽으로 밀더니 아스피린 두 알을 손에 쥐여주며 속삭였어요. "여기 있다, 아가. 이거 먹어라."

엄마가 스파이처럼 내 손에 약을 쥐여준 거예요! 아스피린을 어디서 구한 걸까요? 종업원의 거짓말은 어떻게 눈치챘고 아스피린을 넘겨준다는 걸 어떻게 알아챘을까요? 전에도 해본 사람처럼요. 언니는 한 발짝 떨어져 있어서 아스피린 전달의 순간을 보지 못했어요. 엄마와 종업원은 암호로 말했지만 상대의 말뜻을 정확히 파악했죠. 두통은 사라졌고 엄마야말로 진짜 멋진 여자라는 생각이 들었어요.

난 엄마가 마리온 커닝햄 같은 요리를 잘하는 다정하고 포근한 가정주부가 아니라서 오랫동안 화가 난 채로 살았어요. 텔레비전에 나오는 엄마들을 동경했죠. 내 엄마는 다정하지도 않았고, 쿠키를 구워주지도 않았죠. 오늘 하루는 어땠는지도 잘 물어보지 않았어요, 젠장. 그래서 난 내가 엄마한테 별로 중요하지 않은 사람인 줄 알았어요.

그렇지만 그날 밤의 엄마는 이 세상 하나뿐인 엄마였어요. 세상이 한결 아름다워 보였고, 그건 다 엄마 덕분이었죠. 엄마는 뭔가를 알고 있었어요. 가족 식사 자리에서 두통약을 무사히 공수하는 방법, 식당 매니저를 부르지 않고도 필요한 걸 얻어내는 방법을 잘 알았죠. 미묘한 언어를 실용적으로 활용해 타인과 소통했어요.

엄마는 가는 데마다 모르는 사람이 없었어요. 사람들을 만나면 즐겁게 웃고 떠들었죠. 옷가게에 가면 계산원과 다정하게 수다를 떨어서 엄마가 그들과 다 친한 줄 알았어요. 일에 지쳐 피곤한 엄마는 내가 〈러브 이스 어 배틀필드〉 뮤직 비디오에서 팻 베네타가 입고 나온 원피스와 똑같은 옷을 두 시간 내내 찾고 있으면 짜증을 냈어요. 결국 옷 찾는 걸 포기하고 계산대로 가면 엄마는 항상 계산원과 수다를 떨고 있었죠. 계산원에게 안부를 묻고 대답에 귀를 기울였어요. 잠깐의 만남이었지만 엄마는 늘 사람들과 웃으며 헤어졌고 윙크를 보냈어요. 차로 돌아가서 엄마가 잘 아는 사람이었나 싶어 "누구예요?"라고 물으면 항상 "누구 말이니? 다들 그냥 매장에서 일하는 사람인데"라고 답했어요.

추억으로 남은 이야기를 하나 더 들려줄게요. 슬픈 이야기예요. 그런데 이건 나만의 기억은 아니더라고요. 언니도 비슷한 경험을 내게 들려주었죠. 그래서 더 선명한 기억이에요.

알츠하이머가 심해질 무렵 엄마는 혼란스러운 날들을 보냈어요. 늘 불안해했고 심술을 부렸고 아이처럼 변해 모두를 당황스럽게 만들기도 했죠. 다른 가족들이 대화를 나누고 있으면 엄마는 무슨 말인지 알아듣는 척 말을 보탰지만 맥락에 맞지 않는 말일 때가 대부분이었고 그러면 금세 풀이 죽었어요. 이럴 때가 가장 힘들었어요. 엄마가 완전히 사라진 것 같고 함께 있다는 느낌이 들지 않았으니까요. 가끔 엄마가 본심을 말하면 난 자제하지 못하고 엄마에게 상처 주는 말을 내뱉기도 했어요. 그러면 엄마는 깜짝 놀라서 서운한 표정으로 왜 그렇게 화를 내냐고 물었죠. 엄마의 느닷없는 말은 상대의 등에 불을 붙이는 격이었어요. 지옥이 따로 없었죠. 결국 언니와 난 암호를 정했어요. 엄마의 이상 행동이 견디기 힘들어지면 "스위스 치즈!"라고 외치기로요. 언젠가 우리가 스위스 치즈처럼 구멍으로 가득 찬 뇌를 가진 사람에게 화를 냈던 기억을 떠올리면서요. 이 전략은 다행히 도움이 됐답니다. 어느 부활절에는 엄마가 갑자기 큰 소리로 아이를 낳기 싫다고 외쳤어요. 엄마 옆에 앉아 있던 세 이모는 엄마의 느닷없는 폭로를 덮으려고 갑자기 시끄럽게 떠들기 시작했죠. 난 너무 마음이 아팠어요. 이때 언니가 날 보더니 어깨를 으쓱했죠. "야, 스위스 치즈 먹을래?"

그해 크리스마스에는 아빠가 골프를 치러 나간 사이 다섯 시간 정도를 엄마와 단둘이 보내야 했는데 그 시간이 정말 1년 같았어요. 엄마는 계속 심술을 부렸고 불안해했고 아빠는 어디 갔냐며 끊임없이 물어댔어요. 다섯 시간 내내 말이에요. 이 순간을 이겨내야 한다고, 아픈 엄마와 함께할 시간이 얼마 남지 않았다고 속으로 되뇌었어요. 그러면서도 엄마를 사기꾼 취급했죠.

한동안 엄마는 계속해서 잠이 쏟아진다고 했어요. 그래서 엄마를 2층 침실로 데려가서 잠자리를 봐드렸어요. 그런데 갑자기 또 지금 뭐 하는 거냐며 엄마가 불같이 화를 내는 거예요. 돌연 짜증을 내면서 자기 싫다고, 그러면서 자기한테서 도망치라며 날 때리려고 했죠. 더는 감당하기 힘들었어요. 나는 그저 엄마를 도와주려는 거라고, 왜 이렇게 끔찍하게 변한 거냐고 악을 쓰며 소리쳤어요. 엄마는 잠시 날 멍하니 쳐다보더니 고개를 푹 숙이고 미안하다고 중얼거렸고 자기한테 화내지 말라고 빌었어요. 충격이었죠.

아빠가 집에 돌아올 때쯤 난 이미 반쯤 미쳐 있었어요. 언니가 날 데리러왔고 언니 집으로 가는 길에 펑펑 울었어요. 그리고 진정을 찾은 뒤에야 엄마에게 윽박을 지르고 엄마를 놀라게 했다고 털어놓았죠. 감정이 격해졌을 때는 어지럽기까지 했어요. 언니는 내 등을 토닥이며 자기 이야기를 들려줬어요. 그때의 이야기를 지금도 잊지 못해요. "나도 전에 그랬어. 오늘 너처럼 말이야. 엄마 잠자리를 봐드리는데 엄마가 갑자기 못되게 구는 거야. 그래서 나도 똑같이 못되게 굴고 말았어. 그런데 눈물이 나더라. 갑자기 미친 사람처럼 기분이 더러워지면서 짜증이 치솟는 거야. 한참을 그러는데 엄마가 내 팔을 잡아끌었어. 거짓말이 아니라 그때는 진짜 우리 엄마였어. 예전의 우리 엄마로 돌아온 거야. 내가 아는 엄마의 눈빛이었어. 엄마는 나를 보고 익숙한 목소리로 말했어. '내가 너희들을 얼마나 사랑하는지 알지?' 제정신으로 돌아온 엄마가 그런 말을 했어. 우리 엄마 진짜 멋지지 않니?"

엄마의 삶은 위대했어요. 엄마는 스스로 어리석게 행동하는 걸 용납하지 못했죠. 자식들이 권력 앞에서 바보처럼 행동하면 권위에 맞서 싸웠고요. 공격적이거나 독선적인 게 아니라 옳고 그름을 명확히 할 줄 아는 여자였어요. 엄마는 옳다고 믿는 걸 실천할 줄 알았어요. 주어진 하루에 감사하고 다른 사람과 그 감사를 나눌 줄 알았죠. 이런 면에서 엄마는 참 운이 좋은 사람이에요. 엄마는 산다는 게 얼마나 힘든 일인지 잘 알고 있었고 그래서 즐거운 순간이 오면 아이처럼 기뻐했어요. 엄마의 눈에는 언제나 생기가 넘쳤죠.

난 엄마가 알츠하이머에 걸릴 걸 어느 정도 예상했을 거라고 생각해요. 간호사인 엄마는 알츠하이머가 유전이란 것도, 병에 걸리면 살날이 얼마 안 남는다는 것도 알고 있었죠. 이건 가족 모두 알고 있었어요. 우리는 모두 이 세상에 잠시 머물렀다 가는 존재예요. 타인을 만족시키려고 시간을 낭비하지 마세요. 예의 따위 엿이나 먹으라지. 자신이 원하는 삶을 사세요. 그러면 스스로 일군 인생을 사랑하게 될 거예요. 자랑스러운 우리 엄마처럼요.

조지아 캐런은 왜 이 이번 장의 주제가 많은 사람들의 호응을 받았다고 생각해요?

캐런 구호가 좋았던 것 같아요. 일단 비속어가 들어가잖아요? 사람들은 욕이나 비속어를 속 시원하게 외치고 싶어도 사회적 시선 때문에 그러지 못할 때가 많잖아요. 그런데 우리가 먼저 외치면 시원하게 따라 내뱉을 수 있죠.

조지아 예의와 친절의 차이는 뭘까요?

캐런 늑대한테 길러진 게 아니라면 누구나 다 기본적인 예의는 갖추고 있죠. 누군가를 진짜 싫어해도 의례적으로 하는 말들이 있잖아요? 예의를 지키는 데 인간미 같은 건 필요 없어요. 예의는 문화의 산물일 뿐이에요. 반면 친절은 타인에 대한 마음이나 호의를 보여주죠. 누군가에게 친절하다는 건 자신을 신경 쓰는 만큼 다른 사람에게도 마음을 쓰고 있다는 의미예요. 예의는 상상 속 커튼에 지나지 않아요. 반면 친절은 식탁에 차린 집밥 같은 것이죠.

조지아 망할 놈의 예의 따위, 라고 생각하면 어색하고 불편해서 내가 바보가 된 것 같죠. 이런 어색함을 어떻게 극복하고 자신이 옳다고 믿는 일을 할 수 있을까요?

캐런 일단 이건 분명히 해두죠. '망할 놈의 예의 따위' 정신은 지나가는 사람에게 느닷없이 "꺼져!"라고 외치라는 게 아니에요. 타인이 내 영역을 침범할 때 쓸 수 있는 한 가지 전략이에요. 잘못은 그 사람이 먼저 했죠. 이 구역의 멍청이는 그놈이에요. 우리는 그냥 눈에는 눈, 이에는 이로 대응하는 거고요. 멍청이가 나를 어떻게 생각할지는 신경 쓸 필요가 없어요. 그들은 상대가 두려워하면 무슨 짓이든 할 수 있다고 자만할 거예요. 내 생각을 명확하게 표현하자고요. 길을 걷는데 어떤 놈이 다가와 무례한 질문을 퍼부으면 이렇게 답해보세요. "와, 정말 이상한 사람이네요. 나알아요? 이건 범죄예요. 그냥 가던 길 가세요." 그놈이 성질을 내면서 "나쁜 년!"이라고 외쳐도 우리는 나쁜 년이 아니에요. 우리가 옳으니까요.

2장

지만 아는 년

'자기 관리' 강연

우리 모두 태어날 때는 귀여운 아기 천사 같잖아요. 옹알이를 하거나 아무렇지도 않게 방귀를 뿡뿡 뀌는 아기들을 보고 있으면 악의도 없고 티 없이 순수해 보이죠. 하지만 살면서 이렇게 빛나는 아기 천사의 모습을 잃어버리는 사람들이 있어요. 절망의 나락에 떨어져 살기 힘들어지면 자기만의 아름다움을 잃는 거죠.

그럼 우리 내면의 귀여운 아기 천사는 훗날 어떤 모습으로 나타날까요?

자신에게 나쁜 일 같은 건 일어나지 않을 거라고 생각하는 사람들로 나타나는 경우가 있어요. 이 유형의 사람들은 붉은 깃발, 위험 신호 같은 건 신경도 안 쓰죠. 자신이 살해당할 수 있다는 생각도 안 하고요. 섬뜩하고 기이한 것들에 관심도 없어서 범죄를 다룬 책이나 영화도 안 봐요. 이런 사람들은 대개 어리고 순수한 데다 도움이 필요한 타인을 기꺼이 도울 거예요. 유토피아에 사는 이상주의자 같은 사람들이죠. 이렇게 순수한 아기 천사들이 잔인하고 폭력적인 세계에 눈을 뜨면 우리 같은 사람이 되는 거고요.

유난히 통찰력이 뛰어난 사람으로 발현되기도 하죠. 이런 사람들은 세상의 어두운 면도 잘 알아요. 범죄물 마니아일 수도 있고요. 하지만 살기 좋은 세상을 꿈꾸면서 자신의 능력이 선하게 쓰이길 바라죠.

자신에게는 나쁜 일이 일어나지 않을 거라고 굳게 믿는 순진한 사람으로 나타나기도 하고요.

본격적인 이야기를 하기 앞서 가상의 교실에 여러분이 앉아 있는 모습을 상상해보세요. 난 의자를 끌고 와서 쾅 소리가 나게 놓고 여러분과 마주 앉을게요. 여러분은 아직 내 말을 들을 준비가 안 됐을지도 몰라요. 어리둥절한 눈으로 날 쳐다볼 수도 있죠. 하지만 나는 얼굴을 찡그리고 여러분을 바라볼 거예요. 지금 내가 말할 내용을 학교에서 다 배웠을지도 몰라요. 아마도요. 그런데 내가 또 영락없이 학교 선생님처럼 여러분을 가르치게 생겼네요.

먼저 칠판에 '자기SELF'라는 단어를 쓸게요. 이어서 '관리CARE'라는 단어도 써보죠. 문장은 아니지만 끝에 마침표를 쾅찍고 밑줄을 긋습니다. '자기 관리SELF-CARE', 셀프케어가 대체뭘까요? 언젠가 오프라 윈프리가 갑상샘 질환 때문에 2주간방송을 쉰 적이 있는데 나는 셀프케어가 그럴 때 쓰는 말인줄 알았어요. 그런데 그게 아니라 최근에 유행하는 개념이라더군요.

여러분은 하루하루 자기 자신을 어떻게 대하나요? 그리고그 태도가 삶에 어떤 영향을 미치나요? 솔직히 내가 이런 질문을 던져도 되는지 의구심이 들긴 해요. 자기 관리에 관해 여러 해 동안 글을 읽어왔지만 나는 그런 작가들과 달리 명상과인도산 버터를 즐기지도 않고 자그마한 체구와 매끈한 피부를 가진 젊은 채식주의자도 아니거든요. 핫 요가 학원은 지나가다 보기만 했지 핫 요가를 한다는 건 상상도 못 할 일이고요. 말만 들어도 너무 더워요. 이런 내가 과연 자기 관리에 대해 어떤 조언을 할 수 있을까요?

바로 이 지점에서 내가 여러분에게 분필을 던질지 몰라요.그러면 이마에 분필을 맞은 여러분은 정신을 바짝 차리고 내말에 주목하겠죠. 이제부터 왜 자기 관리란 말이 여러분에게 해당되지 않는지 설명하려 해요. 나는 자신만만한 표정으로 여러분의 반응을 세세히 살필 거예요.

내 말이 맞아요. 셀프케어는 여러분에게 해당되는 말이 '아니에요.' 이제 난 발로 의자를 힘껏 찰 거고 동시에 음악이 흘러나올 거예요. 〈갱스터스 파라다이스〉.

내 의도를 설명하기에 앞서, 만약 여러분이 냉철하고 머리가 비상한 데다 순리대로 일을 처리하는 긍정적인 사람이라면 이번 장은 읽지 않고 그냥 넘어가도 좋아요. 그런 사람은 이번 장의 내용에 공감하기 힘들 거예요. 내 조언이 별 도움도 안 될 거고요. 그럼 안녕히 가세요!

또, 인기 많고 매력적이고 늘 삶의 목표가 있어야 하는 사람들도 이번 장에서는 별 소득을 얻지 못할 거예요. 그런 분들은 유니콘이죠. 밖으로 나가지 말고 성 안에 꽁꽁 숨어 있는 게 좋겠어요.

좀 덧붙이자면 너무 예뻐서, 여성들의 질투를 한 몸에 받고 주변에 남자 친구들밖에 없는 여자분이라면 이 책은 내려놓고 심리치료사를 찾는 게 좋겠어요. 그런 분들이 이번 장을 읽으면 혼란스러워질 수 있어요. 스스로를 기만하는 안 좋은 상황에 처할 수도 있고요. 그런 분들은 남 탓하지 말고 솔직해지세요. 불평은 그만하고 해결책을 찾아보세요. 그리고 준비가 되면 이제 여자 친구를 사귀어봐요. 당신은 여자 친구가 절실하게 필요해요.

그리고 중요한 것 하나! 우울증을 앓고 있는 분이 있다면… 그런 여러분을 도와줄 의사들이 많아요. 치료가 절실하다면 '가급적 빨리' 병원으로 가세요. 정신 상태가 어떻든 우리는 모두 행복해질 권리가 있어요.

자, 보낼 사람은 다 보냈으니 이제 현실 세계 사람들끼리 진짜 조언을 주고받아 볼까요? 지금부터는 얼간이와 드라마 퀸에 대해 이야기하려고 해요. 드라마 퀸은 사소한 일에도 호들갑스럽게 떠드는 사람이죠. 일을 부풀리고 요란스럽게 만들면서 활기차고 재치 있지만 저속하다는 평을 동시에 받는 사람들이기도 하고요. 드라마 퀸이라면 평생 열심히 돈만 모으고 우연히 성공한 사람을 만나면 이렇게 말할 거예요. "당신은 내가 제일 좋아하는 유형의 사람이에요! 우리는 일심동체라고요."

아마 이 책을 보고 있는 분들은 대부분 20대 이상이겠죠? 혹시 10대도 있으려나? 어머! 밤 늦게까지 학교에서 뭐 하는 거예요? 어차피 이번 장의 내용은 공부만 하는 사람에게는 해당 사항이 없어요. 그런 사람들은 살면서 극적인 순간을 마주하면, 이를테면 엄마와 대판 싸운다거나 당사자 바로 뒤에서 절친한 친구와 뒷담화를 한다거나 유부남 상사를 짝사랑한다거나 하는 누구나 다 알 만한 드라마 같은 순간에도 문제를 해결하지 못하고 발만 동동 구를 거예요. 이럴 때 바로 해결하는 방법이 있어요. '그냥 그만두면 돼요.'

친구가 우산을 빌려가놓고 돌려주지 않는다고, 다 같이 밥 먹는 자리에서 친구가 여러분 자리를 맡아주지 않았다고, 그 밖에 다른 욕 나오는 상황을 마주하더라도 친구와 싸우지 마세요. 괜히 트집을 잡거나 난리 치지도 마세요. 남의 아파트 복도에서 울고 있으면 누가 나와서 따뜻한 담요와 말 한마디를 건네지 않을까 하는 기대도 접으세요. 그런 일은 안 일어나요. 그럼요, 물론 그러면 정말 좋겠죠. 하지만 그건 자기 학대고, 비현실적인 일이에요. 사람들은 저마다 각자의 문제를 떠안고 살아요. 누군가는 끔찍하게 괴로운 일을 겪고 있을 수도 있죠. 그들의 고통을 알고 나면 자신의 문제를 오히려 다행으로 여길지도 몰라요.

자신에게 솔직해지세요. 내 문제는 내가 해결해야 해요. 문제가 일어나기 전이나 일어나는 동안, 혹은 일어난 뒤에 누가 개입했든 상관없이 그 문제의 공통분모는 나예요. 여기서 잠깐. 이 말은 무슨 일이든 전부 자기 탓을 하라는 뜻이 아니에요. 무슨 공화당도 아니고, 그건 터무니없는 소리죠. 내 말은 자기 삶을 책임지는 건 자기 자신이라는 뜻이에요. 이걸 인정하는 게 '자기 관리'라는, 고대의 샘에서 발원한 오아시스를 찾기 위한 첫 단계죠.

오아시스를 찾으려면 자격을 갖춘 전문가와 동행하는 게 좋아요. 전문가는 그 길을 잘 알고 있어요. 분노, 비난, 독선이라는 모래언덕에 빠져도 언제 그랬냐는 듯 능숙하게 길을 바로잡아 주죠. 정신의학과를 찾는 게 쉽지 않다는 건 알아요. 하지만 어려워할 거 없어요. 정신의학과를 찾는 사람들이 얼마나 많다고요. 그리고 심지어 정신의학과는 정말 도움이 많이 된답니다.

난 여러 해 동안 치료받는 걸 꺼렸어요. 내 삶이 완전히 망가질 때까지 기다렸죠. 그렇게 넉 달쯤 지났을까, 난 일 때문에 엄청나게 스트레스를 받고 있었어요. 하기 싫은 일에 온통 에너지를 뺏기고 있었고 덫에 걸린 것 같았죠. 코미디계를 떠날 거라고 동네방네 떠들고 다녔어요. 엄마가 알츠하이머 판정을 받은 지 2년쯤 되었을 때였고요. 그 2년 동안 내가 어떻게 살았는지 잘 알 거예요. 느린 상어 이야기 기억나죠? 그리고 바로 그때 아빠의 두피에서 흑색종이 발견됐고 의사는 흑색종이 뇌로 전이했다며 우려 섞인 소식을 전했어요. 누가 봐도 웃을 일이 하나도 없었죠.

그러던 어느 날 내 삶의 패턴 하나를 찾아냈어요. 난 일적으로 안 좋은 일이 생기면 누구 잘못이냐며 동료에게 짜증 내기를 반복했어요. 잘못을 저지른 그 사람이 얼마나 싫은지에 대해 끝없이 투덜댔고 동시에 내 기분도 더러워졌어요. 죄책감은 나를 집어삼켰죠. 내 속마음을 털어놓은 상대도 어느 순간 미워졌어요. 이튿날이 되면 상대의 이름만 바꿔가며 혼잣말로 욕하기 시작했죠.

그러다 내가 지금 뭐 하는 건가 싶었어요. 내가 정말 심각한 상태라는 걸 깨달았죠. 다행히 금방 전문 치료사를 찾아가 내 상태에 대해 말했어요. 치료사는 내게 '친구들'이 너무 많다고 했어요. 그 순간 폭탄을 맞은 것처럼 멍해졌죠. 이 내용은 3장에서 자세히 얘기할게요. 잠깐 설명하자면 애먼 곳에 나쁜 감정을 배설하지 말라는 거죠. 문제가 있어도 직장 동료 아무나 붙잡고 하소연하는 게 아니었는데… 그런 말은 나를 진심으로 걱정해주는 한 사람에게만 하자고요. 이렇게 따지면 진짜 친구는 몇 안 되죠. 당신 삶에서 놓치면 후회할 친구들 다섯 명을 꼽아보세요. 그리고 나머지 사람들에게는 기대를 접으세요.

놓치지 말아야 할 친구를 감별하는 좋은 방법이 있어요. 어느 날 밤, 나는 친구 리지와 밥을 먹고 있었죠. 리지는 내가 정말 좋아하는 친구예요. 속이 깊고 현명하죠. 우리는 둘 다 코미디언 겸 작가고 물질적인 것보다는 정신적인 걸 추구해요. 공통점이 많죠. 우리는 적어도 2주에 한 번씩은 꼭 만나서 식당이 문을 닫을 때까지 밥을 먹고 수다를 떨어요. 그때마다 흥미진진한 가십부터 야하고 도발적인 얘기까지 하나도 빠짐없이 공유하고 각자의 근황을 확인하면서 현재 고민거리나 슬픔에 대해서도 의견을 나누죠. '슬픔'이라, 너무 딱 떨어지는 말이네요!

아무튼 그날 저녁에도 리지와 난 식사를 하면서 끝없이 수다를 떨고 있었어요. 그러다 어느 순간 대화가 끊기는 게 느껴졌어요. 평소에도 리지는 자기가 아는 선에서 내 근황을 물었기 때문에 그날도 최근에 내게 무슨 일이 있었는지 얘기해주었죠. 그런데 리지가 다소 걱정스럽다는 듯 잠시 위로를 하더니 금세 화제를 바꾸는 거예요.

처음엔 좀 황당했죠. 평소 같으면 내가 아무리 어이없는 얘기를 해도 무조건 응원해주고 자세히 물어봤거든요. 한번은 당시 좋아하던 남자와 주고받은 문자를 큰 소리로 읽어주고 있는데 뭔가 흘깃 보이는 거예요. 난 문자를 읽다가 그 자리에서 얼어버렸죠. 리지는 고개 숙인 날 보며 왜 그러는지 물었어요. 나는 속삭이듯 작은 목소리로 말했죠. "맙소사, 옆 테이블에 있는 사람, 그 남자 같아." 그러자 리지는 아무 말 없이 자연스럽게 지갑으로 손을 뻗더니 주변 사람들을 몰래 쳐다봤어요. 그리고 다시 나를 쳐다보며 나지막이 말했어요. "그 남자가 60대 후반에 대머리는 아니지? 그럼 그 남자 아니야." 다행이다 싶어 소리를 지를 뻔했죠. 그 남자가 아니라는 사실도 다행이었지만 내 말에 아무런 질문도 판단도 하지 않고 날 든든하게 지켜준 리지가 고마웠거든요. 난 민망했지만 곧 괜찮아졌어요. 우리는 디저트를 시켰고 난 다시 이야기를 이어갔죠. 더 큰 소리로요.

평소 우리 사이는 이랬기 때문에 내가 이야기를 마무리하기도 전에 급하게 화제를 바꾸는 리지의 행동을 더 이해할 수 없었어요. 내가 너무 나쁜 얘기만 했나 싶었죠. 하지만 내 근황을 먼저 물어본 사람은 리지였다고요! 그리고 난 그저 사실만 얘기했고요. 그 후로는 리지가 갑자기 화제를 바꿀 때마다 난 솔직하되 최대한 긍정적으로 얘기하려고 노력했어요. 그래도 그녀의 반응은 똑같았죠. 나는 이런 상황이 너무 답답했어요. 평소의 우리 같지 않았거든요. 우리 사이에 무슨 일이 있었던 걸까요?

심리치료를 받기 전에 난 상처받거나 자존심이 상하면 금방 토라져서 상대가 풀어주기 전까지는 입을 꾹 닫고 있었어요. 그리고 나중에 똑같이 복수했죠. 하지만 나도 나이를 먹었고, 그러면서 현명해지기도 했고, 또 '심리치료'도 받았죠. 이전과는 달라진 거예요.

그러던 어느 날 난 좀 더 극적인 효과를 주기 위해 감자튀김을 떨어뜨리며 리지에게 이렇게 말했어요. "있잖아, 할 말이 있어. 내가 무슨 말을 해도 이제 넌 내 얘기를 별로 듣고 싶지 않은 것 같아."

그러자 리지가 오히려 반색하는 거예요. "솔직하게 말해줘서 고마워. 사정이 뭔지는 모르겠지만 네 머릿속이 꽤 복잡해 보였거든."

난 기운 없이 또 감자튀김을 떨어뜨리며 말했죠. "내가 괜한 얘기를 해서 네 기분을 망친 게 아닌가 생각했어."

그러자 리지는 자기 앞에 있던 와플을 옆으로 치우며 말했어요. "솔직히 나도 지금 별로 좋은 상황은 아니야. 나도 날 챙기고 기운을 내야 하거든. 우울해지면 겁부터 나고 어디로든 도망치고 싶어져."

난 리지가 하는 말을 유심히 들었어요. 리지 말이 맞아요. 나도 그렇고 여러분도 그렇고 불평하고 남의 험담을 떠벌리는 것만큼 쉬운 일이 없어요. 상대의 흥미를 충족시켜 주거든요. 하지만 찜찜한 기분이 남기 마련이에요. 우리 대화는 늘 즐거웠고 무엇보다 나는 해방감을 느꼈어요. 하지만 극단적인 얘기도 많이 했기 때문에 결국 친구 입에서 '우울감'이라는 말까지 나오게 만들었죠. 멍청하게 행동하거나 말하는 사람들에 대한 험담, 사람 때문에 실망했던 일들, 실패, 나쁜 짓, 무례, 거짓말… 정말 온갖 것들을 다 얘기했었네요. 공동의 적 욕하기야말로 다른 사람과 빨리 친해지는 지름길이잖아요. 하지만 그런 짓은 결국 우울감과 더러운 기분만 남기더라고요. 사람들은 종종 자신의 삶에서 일어나는 끔찍한 일들로도 충분히 괴롭고, 그 이상의 나쁜 일들은 알고 싶지 않아 해요. 이 사실을 기억해두자고요.

나쁜 감정 배설을 5분의 1로 줄이고 화제를 다른 곳으로 돌려보세요. 누군가 무슨 일 없는지 안부를 물으면 불평불만을 늘어놓는 대신 그저 이렇게 말해보세요. "미치겠어. 왜 이렇게 일이 안 풀리지. 너는 요즘 잘돼가?" 이때 상대방이 당신의 근황을 진심으로 궁금해한다면 더 묻겠지만 대개는 그저 안도하고 넘어갈 거예요.

이쯤에서 다시 칠판에 뭔가를 적어볼게요. '인간은 누구나 심리치료가 필요하다.' 여러분이 쉴 새 없이 하는 이야기들, 예를 들어 어떤 남자가 나를 좋아하는 것 같은데, 그걸 알고 있다고 말하긴 그렇고, 휴, 그런데 그 남자가 먼저 고백하면 어떡하지, 휴, 그런데 고백 안 하면 어떡하지 어쩌고저쩌고…
이러면 얘기를 들어주는 친구는 지쳐 나가떨어질 확률이 아
주 높아집니다. 식사 자리에서 가볍게 이야기하고 있지만 내
심 응원을 바라는 여러분을 향해 상대방은 그저 '밥이나 조용
히 먹고 싶다'고 생각할 거예요. 지금 나오는 재즈 음악도 너
도 지긋지긋해, 이러면서요.

여러분을 비난하려는 게 아니에요. 모두가 이래요. 물론 나
도 그렇고요. 좋아요, 내 얘기를 해볼게요. 아주아주 오래전에
얼간이 같은 남자한테 반한 적이 있어요. 흑역사이긴 한데, 난
이 얼간이 얘기를 동네방네 떠들고 다녔죠. 이 남자 이야기를
쉴 새 없이 하고 다녔는데 알고 보면 남들한테는 지루하고 시
시하고 따분한 이야기였어요. 당시 난 다이어트 약까지 먹을
때라 전혀 쿨하지 않은 상태였죠. 정신 상태도 불안정하고 불
면증에다 남자에게 집착하는 깡마른 괴짜였어요. 그때는 이
남자의 사랑을 쟁취할 수 있다면 내 모든 문제가 해결될 것
같았어요.

그리고 당시 내 끔찍한 성격까지 모두 지켜본 절친 로라(친
언니 로라 말고요. 친언니도 내 소중한 친구지만 이런 말을 하면 분
명 언니가 놀리겠죠)가 그 얼간이와 내 이야기를 전부 알고 있
었죠. 하루는 로라가 운전하는 차를 타고 점심을 먹으러 가던

길이었어요. 우리는 20대였고, 로라는 원래 내 말을 잘 들어주고 마음을 잘 헤아려주는 친구였죠. 그날 일이 있기 전까지는요. 나는 또 조수석에서 혼잣말로 중얼거리기 시작했어요. 얼간이 같은 그 남자는 어디에 있을까, 누구와 얘기하고 있을까, 뭐 이런 말을 구시렁거리고 있는데 너그럽고 인내심 많던 로라가 결국 그때 폭발했죠. 그 순간을 아직도 잊지 못해요. 로라는 도로 한복판에서 급브레이크를 밟더니 소리쳤어요. "그놈 얘기 좀 그만해! 사실도 아니잖아! 일어나지도 않은 일을 왜 그렇게 떠들어대는 거야! 그놈은 너 안 좋아해! 그만 좀 해!" 로라는 내가 약에 취해서 귀가 먹고 자기 강박에 빠졌다며 날카롭게 말했어요. 그제서야 다른 사람이 나를 어떻게 생각하는지 내가 알게 된 거죠. 참담했지만 내게 그렇게 말해주는 사람이 있다는 게 너무 고마웠어요. 난 나한테 관심이라고는 전혀 없는 남자한테 침이나 질질 흘리는 불쌍한 정신이상자였던 거예요. 짝사랑을 지겨워하면서도 내심 그걸 즐기고 있었던 것 같아요. 그 남자는 서너 달에 한 번씩 나를 떠본 것뿐이고요. 그 남자가 가끔 한 번씩 연락해오면 나는 그 얘기를 몇 시간 동안 모두에게 떠들고 다녔어요. 그러면 관심 없던 사람들도 "그래서?" 하고 다음 얘기를 궁금해하는 척했고요. 당신이 슬픔의 수프를 만들고 있으면 그런 사람들이 한 번씩 순가락을 휘저어주는 거죠. 그 사람들에게도 어느 정도 즐길거리가 되니까요.

하지만 진심으로 당신을 걱정하는 사람이라면 그때 "그만해!"라고 소리치겠죠. 그 장소가 부디 차 안이나 집이길 바랄게요. 혹시 누가 그렇게 소리치면 '귀 기울여 듣기만 하세요'. 그런 말을 했다고 그 사람을 미워하지 마세요. 어떤 식으로 말했든 그건 아마 그 사람의 본심일 거예요. 내 행동을 객관적으로 파악하는 데 도움을 받을 수 있는 조력자 한 명을 얻은 거죠. 이게 핵심이에요.

그 흑역사 시기에 비슷한 일이 또 있었어요. 전화로 언니에게 또 얼간이 같은 남자 얘기를 하고 있었죠. 그 남자가 날 찾기 위해 어떻게 파티에 나타났는지 얘기하면서 사람들이 나한테 "제리 왔었는데, 널 찾고 있었어" 이랬다고요. 물론 그때 내 기분은 하늘을 날 것 같았죠. 그런데 이 엄청난 뉴스를 들은 언니가 이렇게 말하는 거예요. "걔 진짜 멍청하다." 그 순간 모든 게 멈췄어요.

멍청이라니. 내가 완전히 믿었던 제3자인 언니 덕에 내 생각이 완전히 뒤집혔어요. 난 언니의 말을 받아들였고 그러고 나니 그 남자를 향한 집착이 잠시나마 사라지면서 내 상황이 좀 다르게 보이더라고요. 난 어떤 신적인 존재에게 거부당한

게 아니라, 그저 지질한 놈한테서 겨우 벗어나고 있었던 거예요. 사실 그 찐따 같은 놈한테는 내가 너무 과분했던 거고, 그러니까 이게 사실 나한테는 좋은 일이었던 거예요! 전에는 하지 못했던 생각이죠. 그런 뒤에는 계속 웃음이 터져나왔어요. 언니의 말 한마디에 마음이 편해진 거죠. 그런 언니의 말이 너무 좋았고 그렇게 말해준 언니가 너무 고마웠어요. 언니는 전화를 뚝 끊었는데 말이에요.

언니는 "아, 정말?"이라고 말하는 사람이 아니었어요. 절대 그러지 않았죠. 그래서 나도 언니한테는 남자 얘기를 안 했던 것 같아요. 언니는 멜로드라마 같은 내 망상을 순순히 들어주는 사람이 아니었죠. 그런데 결국 그 덕에 언니와도 절친이 될 수 있었던 것 같아요. 언니는 '진짜' 내 모습을 알아요. 나는 똑똑하지도 훌륭하지도 않다고 스스로를 설득하는 내 모습도 알죠. 언니는 내가 허튼소리를 하면 이렇게 소리쳤어요. "들어가, 캐런의 뇌. 진짜 캐런을 데려와." 그러면 나는 다시 진정한 나로 돌아왔죠.

누군가는 이렇게 생각하겠죠. '음, 난 그런 언니도 없고 친구도 없는데, 어떡하지?' 그런 사람을 만드세요. 어렵지 않아요. 다른 사람한테도 관심을 가져보세요. 대개 사람들은 대화를 하면서 뭔가 동의를 하고 한마디라도 말을 얹고 싶어 하거든요. 비혼이고 자식도 없는 친구한테 내 아이 유치원 선생님 욕을 10분 동안 한다고 생각해봐요. 아마 그 친구는 30초 만에 흥미를 잃을 거예요. 2분 후에는 슬슬 짜증이 나기 시작할 거고 그다음부터는 분위기가 안 좋아지겠죠. 그 유치원 선생님이 악명 높은 범죄자나 탈출한 서커스 단원이 아니라면 말이에요.

나한테 자꾸 모르는 사람 이야기를 하는 상대와 대화를 이어간다고 생각해보세요. 상대방과 그 모르는 사람 둘이서만 신나게 파티를 열고 있는 것 같죠. 대화 상대는 난데, 나는 완전히 소외되는 거예요. 너랑 나 둘뿐인데 대화에 계속 모르는 사람이 등장하는 거죠. "A가 제일 좋아하는 차야. 같이 샌디에이고에 갔을 때 하루 종일 이것만 마시더라니까." 대부분은 속으로 이렇게 생각할걸요. '어쩌라고?' 그리고 45초쯤 후에 입밖으로 그 말을 내뱉을지도 모르죠. 여러분, 솔직함의 힘을 맛보기 시작하면 진짜 재밌을 거예요. 이런 힘을 즐길 수 있는 책임감 있고 건강한 관계를 구축한다면 상대도 나를 놓치면 후회할 소중한 절친으로 생각하게 될 거예요. 내 조언에도 귀를 기울일 테고요. 이걸 목표로 삼자고요.

친구들을 내가 진행하는 원맨쇼의 관객으로 삼지 마세요. 친구들은 내게 도움이 되는 사람들이에요. 그들에게 좋은 기운을 나눠주자고요. 내가 무슨 말을 하면 친구들이 재미있어 할지 생각해보세요. 내 경우에는 이거였어요. "누가 널 좋아하는 것 같아!" 그런 말을 들으면 상대가 나에게 관심이 있구나, 하고 생각하게 되니까요. 그런 질문을 주고받는 잠깐 동안은 뭐든 가능할 것 같죠. 누가 날 좋아한다고? 순수하고 개인적인 희망도 드러나고요.

하지만 이런 말은 행복한 결혼 생활을 하고 있는 친구들한테는 통하지 않죠. 그 친구들과 이야기할 때는 또 다른 화제가 필요해요. 그러니까 친구들의 관심사를 조금씩이라도 파악하고 있는 게 좋아요. 언제든지 친구들이 즐거워할 이야기를 꺼낼 수 있게요. 그런 기분 좋은 화제를 찾을 수 없다면 과학자들이 발견한 새로운 고고학적 사실이라도 얘기해보세요. 그런 이야깃거리는 항상 있고 그런 이야기는 누구에게나 좋은 소식이니까요. 친구들아! 인간이 청동을 갖고 생활한 건 5만 년 정도래. 기존에 알려진 것보다 길다 그러네. 오, 정말? 자, 하이파이브! 사해문서 동굴이 '또' 발견된 거 알아? 그렇대! 진짜야! 일본 앞바다에도 피라미드가 있대! 일부 과학자들은 사라진 무 대륙의 증거라고 한다는데? 와, 신기하다. 인간은 역시 대단해!

자, 이제 수업을 마무리할게요. 책상 위에 올라가 넥타이를 느슨하게 풀고 목소리를 낮게 깔고 최악이자 최고의 진실을 말하는 거죠. 이런 일들은 나이를 먹으면 수월해질 거예요. 왜냐면 인생은 갈수록 힘들어질 테니까요.

빌어먹을 일들은 예고 없이 일어나요. 어느 날 갑자기 암에 걸리거나 교통사고가 나거나 이별이 찾아오죠. 이런 일들은 우리를 무너뜨리고 영혼을 텅 비워버리죠. 하지만 슬퍼하고 치유하면서 결국에는 다시 서서히 내면을 채워갈 거예요. 나에게 정말 필요하고, 나를 기쁘게 하는 게 뭔지를 구체적으로 알아야 해요. 나를 괴롭게 하는 선택은 하지 마세요. 그래도 시련은 찾아오겠지만 그러면 대처법이 보이기 시작할 거예요. 역경은 두려움에 대항하는 힘을 길러주고, 나를 지켜주고, 나를 성장시킬 거예요. 비극은 심장을 더 강하게 만들어줄 거고요. 끔찍한 일들은 심장을 산산조각 내지만 결국에는 더 강하고 단단하게 만들어주죠. 그리고 그때 무의식적으로 다른 사람들이 눈에 들어올 거예요. 어떻게 살아야 할지도 조금씩 알게 될 거고요.

우정은 모든 인간관계의 기본이고 영혼을 살쪄워요. 케일주스나 스피닝, 짧은 낮잠도 좋지만 최고의 자기 관리는 소중한 친구들과의 대화일 거예요. 우정은 자존감을 높여주고 스스로를 가치 있는 인간으로 느끼게 해주죠. 영혼을 충만하게 해주고요.

자, 다들 이만하면 이해했겠죠? 구제 불능의 멍청이가 아니라면요. 그런 바보들은 주변 사람들을 전부 잃을 때까지 남 탓만 하겠죠. 죽을 때까지!

수업 끝.

아 잠시만요, 즉시 효과를 볼 수 있는 확실한 자기 관리법 몇 가지를 소개할게요. 최고의 자기 관리는 우정을 쌓는 거라고 하긴 했지만 다음 항목들에 약간만 투자하면 빠르게 효과를 볼 수 있을 거예요. 바로 기분이 좋아질걸요?

- 질 좋은 신발, 지갑, 바지
- 심리치료
- 포근한 양말
- 매일 밤 발에 듬뿍 바를 좋은 로션
- 할머니나 어린 시절 좋아했던 피아노 선생님을 떠올릴 수 있는 향초
- 좋은 매트리스
- 건강보험
- 솜씨 좋은 미용사
- 보습 마스크 팩

- 뮤지컬이나 연극, 영화 티켓
- 시계 혹은 다이아몬드 같은 보석
- 맛있는 과일
- 발톱 미용
- 예술품 한 점
- 모교에 기부금 내기
- 『내셔널지오그래픽』 구독

진짜 끝내려고 했는데, 마지막으로 하나만 더 조언할게요. 제일 중요한 포인트를 깜빡했어요. 나 자신에 대한 연민을 멈추는 거요. 남들에게 항상 투명인간 취급당하고 사랑받지 못한다고 생각하는 사람들이 있어요. 그런 사람들은 타인의 맹목적 숭배와 내면의 슬픔을 먹고 사는 나르시시스트의 완벽한 먹잇감이 되곤 하죠.

심지어 그런 사람들은 극적인 사랑 노래의 주인공이 된 것만 같은 자신의 망상이 바로 그 먹잇감이 될 수 있다는 사실을 절대 알아채지도 못해요. 노력은 해볼 수 있겠죠. 하지만 그 과정에서 자존감이 바닥으로 떨어질 거예요. 그런 뒤에는 과거의 내가 얼마나 바보 같았는지 깨닫고 나르시시스트에게 마구 욕을 퍼붓겠죠. 하지만 그들은 신경도 안 쓸걸요. 그러니까 그들이 주인공인 쇼의 입장권을 산 사람이 다름 아닌 나 자신이라는 걸 가뿐히 인정하고 넘어가는 게 좋아요. 대신 이런 일이 왜 일어났고 이걸 멈추려면 어떻게 해야 하는지를 알아야 돼요. 이게 우리가 할 수 있는 최선이에요.

유두에 피어싱하던 날

가끔은 창문에서 뛰어내려 날개를 펼쳐라.

-레이 브래드버리

자유롭고 다채로운 도시 로스앤젤레스 바로 옆의, 보수적 와스프로 가득한 오렌지카운티에 살면서 나는 늘 숨 막히는 답답함을 느꼈어요. 오렌지카운티를 벗어날 날만 꿈꿨고 열여덟이 되어서야 물리적으로 고향을 벗어날 수 있었는데, 그때 마침 책이라는 세상을 만나 상상력을 기르고 내가 가야 할 길이 어딘지를 알게 됐어요. 자, 진정해요. 야유가 여기까지 들리는 것 같아요. 하지만 진짜 그때 책을 만난 건 기적이었어요. 책에 빠지지 않았다면 마약 중독자나 권태로운 가정주부가 됐을지도 몰라요.

열세 살 때 나는 말수 적고 바보 같은 여자애에서 텔레비전에 등장하는 당돌한 비행 청소년으로 변했어요. 한때는 샌님에다 자존감도 낮아서 돈을 펑펑 쓰고 다니는 부잣집 여자애들 틈에 끼려고 안달 난 여자애에 불과했죠. 하지만 그때도 타고난 괴짜 기질은 숨길 수 없었어요. 샌들 안에 양말을 신었고 파마머리도 했죠. 지나칠 정도로 활달하기까지 했는데 이건 나중에 '주의력결핍과잉행동장애ADHD' 때문인 걸로 판명 났죠. 열세 살 생일쯤부터는 바트미츠바* 파티도 시들해졌어요. 180도로 완전히 변한 나는 새로운 삶으로 소리치며 돌진했죠. 그래서였는지 친구들의 부모님은 자기 자식이 나와 어울려 놀지 않기를 바랐어요.

방황은 담배와 함께 시작됐어요. 내가 담배를 한번 피워보고 싶다고 했더니 친오빠 애셔가 파티에서 담배를 구해다줬어요. 그때 담배를 처음 피운 건 아니었죠. 키친타월에 찻잎을 말아 '손수' 담배를 만든 적이 있어요. 학교를 마치고 아무도

---

* Bat mitzvah, 유대교에서 12~14세 소녀를 대상으로 치르는 성인식.

없는 집에 돌아와 내 방 거울 앞에서 담배를 피웠죠. 현관 열쇠를 내가 갖고 있었거든요! 필요가 발명의 어머니라면 반항은 쿨한 이모쯤 되겠네요.

입 밖으로 흘러나오는 담배 연기, 검게 타들어가는 찻잎, 눈발처럼 흩날리다 맨다리에 떨어지는 담뱃재, 모든 게 세련되고 섹시해 보일 거라 확신했죠. 난 거울 속에서 오랜 세월 파이프 담배를 입에 물었던 오드리 헵번을 보고 있었어요. 우아함의 끝판왕이죠.

엄밀히 말해 '진짜' 담배 첫 경험은 아빠와 함께 살았던 오빠네 아파트 뒤편에서 이뤄졌죠. 엄마와 언니, 나는 바로 건너편에 살고 있었고요. 그날 난 입으로만 연기를 들이마시는 게 아니라 폐로 보내야 진짜 흡연이라는 걸 처음 알았어요. 목이 어찌나 따갑던지. 당시 난 하면 안 되는 일들에 대한 호기심을 주체하지 못했던 것 같아요.

그렇게 2년 동안 진짜 담배와 찻잎 담배를 번갈아 피우다가 대마초 같은 마약에까지 손을 댔는데 1990년대 오렌지카운티 지역에서는 놀라운 일도 아니었죠. 그때 난 훗날 교수나 해양생물학자가 될지도 모르는 착하고 똑똑한 초등학교 친구들을 버리고 나쁜 짓을 하고 다니는 친구들과 어울렸어요. 나 같은 결손 가정 출신이 많았죠. 친구들 엄마, 아빠는 둘 다 아이를 키우기 싫어하는 것 같은데 늘 양육권을 두고 싸웠고요. 결손 가정에서 자란 친구들은 더 커서는 모히칸 스타일로 머리를 자르고 펑크 밴드에 들어갔어요. 지금이야 펑크 밴드가 별로라는 걸 알지만 그때는 몰랐죠.

열세 살의 나를 흥분시킨 경험은 이런 거였어요.

처음으로 남자 성기를 만져봤던 일,
인기 많은 여자애들 가방에서 돈을 훔쳤던 일,
마약에 손댄 것,
상습적으로 마약을 한 것,
단식,
마약을 끊지 못한 것,
마약 중독 치료, 그리고
할머니의 죽음까지.

열세 살은 내 인생에서 잊지 못할 해였네요.

그때는 몰랐지만 돌이켜보면 아기 천사처럼 순수했던 시절이 그립기도 해요. 부모님이 이혼한 후로는 깊은 슬픔과 외로움을 감추기 위해 분노라는 낡아빠진 가면을 썼고 그 가면은 내 반항심을 부채질했죠. 외박을 하고, 시끄러운 펑크록 음악을 듣고, 세 살 이상의 연상 남자친구를 줄줄이 사귀고. 지금 생각하니 너무 뻔해서 쪽 팔리네요.

마음속으로 난 다른 사람들처럼 평범하고 행복하게 살 자격이 없다고 생각했던 것 같아요. 그래서 누가 완벽하게 정상인 뭔가와 나를 엮으려고 하면 "꺼져"라고 욕하면서 날 더 불행하고 이상한 쪽으로 몰아갔어요. 그리고 내가 너무 멍청해서 학교에 다니는 게 힘든 거라고 생각했어요. 이때는 ADHD 진단을 받기 전이었죠. 그래서 학교에 잘 안 갔는데, 가끔 학교에 가면 다들 무슨 말을 하는지 모르겠어서 또래보다 뒤처졌어요. 의도한 건 아닌데 내가 멍청하다는 생각을 입증한 셈이죠. 못생긴 내 얼굴이 소름 끼치게 싫어서 진한 스모키 화장에 찢어진 옷을 입고 지저분하게 하고 다녔어요. 내가 스스로 나를 못나게 만들었다는 걸 그때 깨달았다면 아무도 날 놀리지 않았을 거예요.

많은 시간이 흘렀지만 지금까지도 몸에 남은 문신들을 보면 그런 날이 있었나 싶게 얼떨떨해요. 아, 피어싱 흔적도 몇 개 남아 있고요. 어릴 때는 집에서 젓가락과 포크를 이용해 당시 친한 친구 이름의 철자를 발목에 새기기도 했어요. 지금이야 전문적이고 예쁜 문신을 할 방법이 널렸지만 그때는 아니었거든요.

이렇게 티 나는 반항은 파티에서 가십거리로 삼을 만한 귀여운 수준이죠. 하지만 마약 중독이나 섭식장애는 애교로 봐줄 만한 게 아니잖아요? 나도 잘 알고 있었어요. 불안이 나쁜 결과를 가져오기도 했지만 내 행동 하나하나에 너무 예민하게 반응한 게 사태를 더 악화시켰어요.

불안은 날 부채질했어요. 어느 날은 등교 전에 언니에게 섭식장애를 감당하기가 힘들다고 털어놓았어요. 그러면서 엄마한테 이 사실을 좀 말해달라고 부탁했죠. 엄마한테 직접 말할 자신은 없고 언니는 또래보다 훨씬 성숙하니 날 도와줄 거라 믿었어요.

그날 오후에 내가 상습적으로 목구멍에 손가락을 넣어 구토를 한다는 사실을 엄마가 알아차리기도 전에 학교에서 마약을 하다 걸렸어요. 학교 화장실에서 마약을 흡입하고 있는데 그 현장을 보안 요원한테 딱 걸려서 교장실로 끌려간 거예요. 엄마에게 최후통첩이 내려졌죠. 곧바로 날 데리고 마약 중독 치료를 받으러 가지 않으면 체포될 거라고요. 난 치료를 받으러 갔죠!

그렇게 치료소에서 2주 동안 치료를 받으며 열네 번째 생일을 치렀고, 약 1년 후 다음 바트미츠바까지 집으로 보내졌죠. 마지막으로 치료실 문을 나서는데 간호사 한 명이 나를 보더니 딱 잘라 말하더라고요. "넌 또 오겠다."

결국 난 치료 후에도 마약에 손을 댔어요. 그때 다시는 들키지 않으리란 다짐만 했죠. 그러다 몇 달 후에 어떤 책을 읽고서 콜드 터키* 방법으로 스스로 마약을 끊었어요. 위선적이라고 해도 별수 없어요. 그만큼 난 진지하게 독서를 좋아하거든요. 그 책은 날 마약 중독에서 구출해준 기폭제였어요. 그 책은 바로… 두구두구두구…『성공하는 10대들의 일곱 가지 습관』이었어요!

농담이고요. 레이 브래드버리의 『화성 연대기』였어요.

책 읽는 게 너무 좋았어요. 여러분도 내 말에 공감할 거라 믿어요. 평생 책을 끼고 살았던 엄마 덕분에 난 어릴 때부터 열렬한 독서가였죠. 어릴 때는 '해리 포터' 시리즈에 나오는 (그때는 '해리 포터'가 제일 인기였다고요) 그런 집 계단 아래 벽장에서 할머니가 뜨개질로 짠 담요에 앉아 고양이 위스커스를 무릎에 앉혀 놓고 함께 책을 읽기도 했어요. 이렇게 좋아하는 장소에서 책을 읽다 보면 비록 상상이지만 빌어먹을 오렌지카운티를 벗어나 다른 곳에 있는 것 같았거든요. 가끔 벽장 문을 밀고 기어들어갈 때면 현실 세계는 사라지고 환상의 세

---

* 마약 중독자의 마약 즉각 중단. 갑작스러운 마약 사용 중단으로 신체적 불쾌감 따위를 겪도록 하는 마약 치료법이다.

계가 펼쳐지는 기분이 들었죠. 따지고 보면 평행우주를 이렇게 몇 번이나 넘나든 셈이죠.

> 마법은 오로지 책 속에 있다. 책은 우주의 조각들을 한 땀 한 땀 기워 우리 앞에 옷 한 벌을 만들어내지 않는가.
>
> —레이 브래드버리, 『화씨 451』

어느 날은 학교에 갔는데 날 좀 불편해하는, 아니 내가 더 불편하게 느끼는 것 같기도 한 8학년 영어 선생님이 『화성 연대기』 책을 내 앞에서 떨어뜨렸어요. 낡고 오래된 그 책은 선생님 집에서 가져온 거였죠. 표지에는 외계 한가운데 앉은 말쑥한 화성인 두 명이 지평선 너머로 별 하나를 바라보고 있었어요. 내 마음은 이미 표지 속 세상에 있었죠. 선생님은 그 책을 내밀며 말했어요. "네가 좋아할 거 같아서." 그날 오후 계단 아래서 그 책을 읽기 시작했죠. 선생님 말이 맞았어요. 『화성 연대기』는 너무 재미있었어요.

이런 문장들로 시작하는 책을 어떻게 사랑하지 않을 수 있겠어요!

> 지구인들이 화성에 왔다. 두려워서 온 사람, 두려워하지 않

고 온 사람. 행복해서 온 사람, 행복하지 않아서 온 사람. 때로는 순례자처럼, 순례자가 아닌 것처럼. 지구인에겐 저마다 나름의 이유가 있었다. 못된 아내나 나쁜 동네를 떠나온 사람들. 무언가를 찾기 위해, 남기기 위해, 구하기 위해, 파내기 위해, 묻기 위해, 그리고 그냥 내버려두기 위해 그들은 화성에 왔다.

–레이 브래드버리, 『화성 연대기』

『화성 연대기』는 화성을 향한 인간의 정복욕과 화성에서의 경험을 담은 작품이에요. "우리 지구인은 거대하고 아름다운 것들을 파괴할 능력이 있다."

책을 읽는 동안 오싹하고 기이하며 무섭지만 스릴 있었어요. 특히 문장이 시적이고 아름다웠죠. 표지는 오래돼서 다 떨어지고, 너무 많이 읽어서 종이도 다 해져버렸어요. 인상 깊은 구절에 따로 표시를 해두기도 했는데 이제는 흐릿해져서 잘 보이지도 않아요. 그렇지만 기억나는 문장들은 이번 장에서 중간중간 소개할게요.

브래드버리의 책은 '환상 특급' 시리즈만큼이나 흥미진진했어요. 소파에 콕 처박혀 꼼짝 않고 책을 읽는데도 생생하게 살아 있다는 감각을 느끼게 해줬고요. 외계인, 화성인, 우주선을 그려내듯 나를 캄캄한 옷장에서 끌어내 우주로 날려보내 준 거죠.

> 여러분은 그저 책장에서 책을 한 권 꺼내 펼치기만 하면 된다. 그러면 어둠은 순식간에 힘을 잃게 되리라.
>
> —레이 브래드버리, 『안녕 여름』

브래드버리는 이 세상이 내가 태어나고 자란 숨 막히는 고향보다 훨씬 나은 곳이라고 말해주었어요. 고향의 다른 친구들은 '정상으로' 지내는 게 쉬웠을지 모르지만 나한테는 불가능에 가까웠기 때문에 그 세계에서 난 늘 이방인이었거든요. 그들과 어울리려고 아무리 노력해도 난 항상 '괴짜' 취급을 당했어요.

그때 처음으로 내 미래에 대해 생각하게 됐고 불행한 어린 시절은 단지 시작일 뿐이라는 걸 알게 되었죠. 상황은 늘 변할 수 있고 비정상은 나쁜 게 아니었어요. 비정상도 하나의 자산이 될 수 있죠. 브래드버리의 책에도 평범한 일들은 일어나지 않거든요.

> 당신이 인생에서 얻게 될 첫 교훈은 자신이 바보라는 사실

이 될 것이다. 마지막 교훈 역시 마찬가지다.

－레이 브래드버리, 『민들레 와인』

　집이나 학교, 미디어는 대학에 가고 결혼을 하고 아이를 낳고 직장을 구하거나 주부가 되는 게 자연스러운 삶인 것처럼 가르쳤죠. 그런 일련의 과정들이 정상인들에게는 중요한 일일지 몰라도 나한테는 망할 놈의 헛소리처럼 들렸어요. 어릴 때는 특히 그런 일들에 대한 호기심이나 바람이 전혀 생기지 않았는데 그래서 내가 낙오자처럼 느껴졌죠. 그런데 독서를 통해 인생에는 다른 길도 있다는 걸 알게 되면서 조금씩 희망을 품게 됐어요.

　지금까지의 내 인생이 어땠건 내 삶을 증오하던 마음을 거두고 앞으로 어떤 인생이 펼쳐질지 생각하니 기분이 좋아졌어요. 살면서 처음으로 미래를 생각하며 마음이 들떴죠. 『화성 연대기』라는 책 한 권이 그런 지대한 영향을 끼쳤다니 말도 안 되는 억지라고 생각할 수도 있겠네요. 하지만 그 책은 완벽한 때에 내 삶에 들어왔죠. 나 자신이 너무 지긋지긋하고, 낙오자 같은 인생이 신물 나고, 망할 놈의 외진 고향이 따분하고, 나라는 인간으로 사는 게 힘겹고 초라해서 마약을 끊지 못하고 있던 때였으니까요.

하지만 『화성 연대기』가 사고방식의 전환을 보여준 거예요. 그 책은 전혀 지루하지 않았어요. 난 매일 밤 파티에서 시시한 친구들, 저속한 남자들과 어울리는 대신 먼지 쌓인 계단 밑 구석에서 책을 읽었어요. 한때는 호기심에 비행을 저지르기도 했죠. 거짓말 안 보태고 비행을 저지를 때는 꽤 짜릿했어요. 하지만 제지하는 사람이 없으니 이내 싫증이 나더라고요. 해방감보다 덫에 빠진 기분이었죠.

브래드버리의 책들, 『화성연대기』, 『화씨 451』, 『민들레 와인』을 한 권씩 읽을 때마다 겉표지를 벗겨 내 방 벽에 압정으로 걸어뒀어요. 그의 책을 모조리 읽고, 또 읽었죠. 브래드버리는 내 삶을 바꿔놓았어요.

> 시간은 어두컴컴한 방에 소리 없이 떨어지는 눈, 오래된 극장에서 무심히 돌아가는 필름 영화와 같다. 수억 개의 얼굴이 새해의 풍선 장식처럼 아래로, 아래로 떨어지고 이내 사라져버린다.
>
> ―레이 브래드버리, 『화성 연대기』

그렇게 3년이 흘렀고 열여섯 살이 된 나는 나쁜 짓을 자제하고 얌전히 지냈어요. 집에서 문신도 하지 않고 학교도 꼬박

꼬박 잘 나갔죠. 중고 용품 가게와 빈티지 옷들이 눈에 들어왔고요. 기분 전환 삼아 수시로 만들어 피우던 담배를 향한 장인 정신도 사라지고 피우는 횟수도 줄었어요. 그리고 그해 언젠가 레이 브래드버리가 UCLA 도서전에서 강연을 한다는 소식을 들었어요. 내 마음은 이렇게 말했죠. '그에게 감사 인사를 전하러 가야 해.'

당시 세상에 다시없을 다정한 영어 선생님이 또 한 분 있었어요. 머서 선생님이었는데, 브래드버리에게 건넬 장문의 편지를 정성 들여 함께 썼죠. 당신의 작품이 내게 얼마나 큰 의미인지, 말로 다 표현하지 못할 정도로 너무 고맙고, 당신의 책들을 소중히 간직하고 있다고 썼어요. 머서 선생님은 그에게 말이라도 붙여보고 싶다면 예쁘게 차려입고 가서 보조개가 도드라지게 계속 웃으라고 조언해줬죠.

나이 든 유명한 남자한테 말이라도 붙여보려면 예쁘게 보여야 한다니, 페미니스트가 할 만한 조언은 아니라는 걸 지금은 알지만 그때는 그냥 머서 선생님을 믿었어요. 그녀는 자신감을 갖고 당차게 여성성을 행사하는 법을 알고 있었죠. 머서 선생님은 내가 아는 가장 강단 있는 페미니스트였어요. 그래서 시대에 좀 뒤떨어져도 자신의 위치에 맞는 가부장제 대처법에 대해 조언하면 난 유심히 듣곤 했죠.

난 내가 제일 좋아하는 빈티지 원피스를 입었어요. 커다란 데이지 무늬의 황록색 원피스였죠. 지금도 제일 좋아하는 브랜드의 옷이었어요. 그러고는 언니가 제일 아끼는 1970년대풍 웨지 힐을 몰래 훔쳐 신고 1990년대풍 파티 액세서리를 장착했어요. 맙소사, 지금 생각하니 최악의 패션인데요.

나비 머리핀, 엉덩이에 걸친 청바지, 혓바닥 피어싱 같은 게 연상되네요.

그때는 운전면허를 따기 전이었는데 이 일이 내게 정말 중요하고 내가 혼자 가고 싶어 한다는 걸 안 엄마가 선뜻 차를 빌려주었어요. 그래서 UCLA로 가는 45분 내내 수동 변속기를 혼자 조작하며 운전했죠. 창문을 활짝 열고 디 라이트 음악에 맞춰 몸을 흔들어댔어요. 그때만큼 신나게 운전한 적이 없을 거예요.

하지만 첫 단독 운전이었고 UCLA까지는 초행길이라 길을 잃기도 했어요. 길을 다시 찾고, 도착해서는 주차하느라 강연장에 늦고 말았죠. 여러분, 내가 지각을 얼마나 사랑하는지는 차차 알게 될 거예요. 도착하니 레이 브래드버리의 강연이 막 시작되고 있었고 강당엔 이미 사람이 꽉 차서 입구를 지키던 대학생에게 출입을 저지당했어요. 그때 왼쪽 어깨에 악마의 뿔을 단 열세 살짜리 귀여운 반항아의 머릿속에 번뜩이는 아이디어가 떠올랐어요. 그날 태어나서 처음으로 거짓말을 두 개나 했네요.

난 귀엽게 웃으며 말했어요. "실례합니다. 음, 엄마가 저 안에 있는데요. 정말 급해서 그런데 엄마한테 돈 좀 달라고 해야 해서요."

이때 내 보조개는 반짝반짝 빛이 났어요. 그 대학생도 내 보조개를 보고 있었죠. 이렇게 해서 난 강당으로 들어갔어요! 성공한 거예요! 가벼운 발걸음으로 강당에 들어섰고 '나의' 레이 브래드버리가 무대로 나오는 동안 재빨리 빈자리를 찾아 앉았어요.

강연을 들으면서도 너무 좋아서 토하면 어떡하지, 감정에 북받쳐 눈물을 쏟으면 어떡하지 걱정했어요. 그의 책에서 읽은 것들이 하나도 기억나지 않았어요. 하지만 강연이 끝나고 사람들이 썰물처럼 빠져나갔을 때 남자 기자들에 둘러싸여 인터뷰를 하던 그에게로 당당히 걸어갔죠.

난 너무 긴장해서 땀이 흥건한 손으로 편지를 꼭 쥐고 있었어요. 남들 눈엔 스토커 아닌가, 보안 요원이 끌어내야 하는 거 아닌가 싶었을 거예요. 기자들의 질문이 뜸해진 틈을 타 그들을 밀치고 들어간 나는 아무 말 하지 않고 부자연스럽게 편지로 레이 브래드버리를 쿡 찔렀어요.

"이름이 뭐예요?" 멀뚱히 서 있는 나를 보더니 그가 물었어요. 깜짝 놀랐죠.

"조지아요." 난 더듬거리며 답했어요.

"내 손녀 이름이랑 똑같네." 그는 눈을 반짝이며 말했어요.

그때 난 당신의 광팬이며 너무 감사하단 말이 무심결에 튀어나왔어요. 그리고 바로 몸을 돌리는데 빈티지 원피스가 무릎 주위에서 펄럭거렸죠. 난 바로 강당을 빠져나왔어요. 언니의 웨지 힐 위에 둥둥 떠 있는 느낌, 흥분, 온몸에 흐르는 긴장과 땀 한 방울까지 빠짐없이 기억하겠노라고 신에게 맹세했어요. 브래드버리는 내가 태어나서 처음 만난 유명인이었고 그래서 더 미친 듯이 열광했던 것 같아요.

그날은 그렇게 완벽하게 흘렀고 난 다시 차로 돌아왔어요. 그런데 그대로 운전해서 집에 갈 수가 없었어요. 이대로 하루를 끝낼 수는 없었죠. 기념으로 뭔가 남겨야 했어요. 오늘을 기억하게 해줄 무언가, 오늘이 얼마나 멋졌는지를 떠올리게 해줄 무언가가 필요했어요. 어깨 위로 열세 살의 자아가 다시 귓속말을 했고 난 가는 길에 처음 본 허름한 문신 가게 앞에 멈췄어요. 그리고 그날의 두 번째 거짓말을 했죠.

난 또 한 번 보조개 매력을 발산하며 말했어요. "안녕하세요. 열여덟 살인데요. 유두 피어싱을 하고 싶은데 신분증이 없어서요. 어떻게 좀 안 될까요?"

이번에도 거짓말은 통했어요. 하지만 내 생각에 가게 주인의 관심사는 내가 교활한 거짓말쟁이인지, 믿을 만한 사람인지, 열여덟 살이 정말 맞는지보다 10대 여자애의 가슴이 아니었나 싶어요.

그렇게 난 젖꼭지에 피어싱을 했어요. 욕 나오게 아팠고 집까지 운전해서 가는데 눈앞이 핑핑 돌고 진이 다 빠졌어요. 제일 친한 친구 집으로 가서 그날 있었던 일을 몽땅 털어놓고 새로 한 액세서리를 자랑했어요.

그리고 2주 뒤에 소포를 하나 받았어요. 열여섯 살짜리가 자기 앞으로 온 소포를 받게 되다니! 게다가 발송인이 다름 아닌 레이 브래드버리라는 걸 직감했거든요. 거의 쓰러질 뻔했죠. 작은 상자 안에는 그의 책 『화성으로 날아간 작가』 한 권과 함께 내 편지에 화답하는 감미로운 메모 한 장이 들어 있었어요. 메모에는 자필 사인과 '앞으로Onward!'라는 단어가 쓰여 있었는데 그 단어는 처음 본 그 순간부터 지금까지 내가 제일 좋아하는 단어가 되었어요.

책에는 이토록 아름다운 문구가 있었는데 읽고 또 읽었죠. 요즘도 그때를 떠올리며 읽곤 해요.

글쓰기에 취해야 현실에 잠식되지 않는다.

-레이 브래드버리, 『화성으로 날아간 작가』

처음 브래드버리의 책을 읽고 남몰래 작가의 꿈을 키웠어요. 그에게 쓴 편지에도 내 은밀한 소원을 적었고요. 작가를 꿈꾸던 나는 자존감이 바닥을 치던 내가 아니었어요. 오히려 금방이라도 꿈을 이룰 것처럼 자신감이 넘쳤죠. 대가가 쓴 작법 책도 한 권 받았겠다, 브래드버리도 이 분야로 밀고 나가라고 허락했으니까요. 내게 그 책은 영문학 학위나 마찬가지였어요. 거울을 보면서 스스로에게 그렇게 말했죠. 그리고 그 생각은 지금도 변함이 없어요.

내가 『화성 연대기』를 좋아할 것이라는 영어 선생님의 예상은 적중했고 난 마음의 위안을 얻었어요. 적어도 내가 마약 중독 치료소에 다시 오게 될 거라는 간호사의 지레짐작보다는 훨씬 나았죠.

귀여운 아기 천사를 보내준 레이 브래드버리에게 무한한 감사 인사를 전하고 싶어요. 귀여운 아기 천사는 내 삶도 나아질 수 있다는 믿음이었어요. 실제로 나아졌고요. 내가 상상한 것보다 훨씬 더 좋아졌죠.

우리는 컵이다. 끊임없이 고요히 채워지는 컵. 몸을 기울이는 방법을 터득하고 아름다운 것들을 내어줘라, 그게 삶의 요령이다.

-레이 브래드버리

조지아 우리 마음속에 아기 천사가 있다고 생각해요?

캐런 그럼요. 위장 안쪽에 파묻혀 있을 거예요. 쓸개 바로 옆쯤?

조지아 그럼 캐런은 본인이 아기 천사라고 생각해요?

캐런 나 지금 화낼 뻔했어요.

조지아 캐런이 아는 귀여운 아기 천사 중 가장 큰 아기 천사는 누구인가요?

캐런 배우 폴 지어마티요.

3장

진짜 미칠 것
같을 때에는

사이비 종교에 빠지지 않는 법

난 스물넷이라는 적지 않은 나이에 샌프란시스코를 떠나 로스앤젤레스로 갔는데, 그때 내가 어땠는지에 대해 먼저 얘기하고 싶어요. 난 2년간 샌프란시스코의 베이 에어리어에 살았어요. 갭 의류 매장에서 일하면서 스탠드업 코미디 판에 끼려고 부단히 노력했죠. 맥주와 샌드위치로 하루하루를 연명하며 힘겨운 시간을 보냈어요. 희망에 가득 차 도착한 할리우드는 최악이었어요. 500제곱킬로미터 넓이의 주차장 같은 공간에 나를 반기지 않는, 성형수술을 받았을 것이 분명한 모델 같은 사람들이 바글바글했고, 차까지 많아 공기는 아주 탁했죠. 난 거기서부터 환멸을 느끼기 시작했어요. 게다가 할리우드에서는 고등학생 시절 '최고의 연극'을 선보인 나를 아무도 주목하지 않는다는 걸 깨닫고는 엄청난 충격에 빠졌죠. 어리고 예쁘지만 재능 없는 신인이 멋진 배역을 꿰차고 돈방석에 앉았다는 얘기는 끊임없이 들려오는데 말이에요. 계속 나 자신을 믿고 이 길을 가야 할지 끊임없이 회의가 들고, 방황하고, 절망에 빠지고, 무기력해졌어요. 사이비 종교에 빠지기 딱 좋은 상태가 된 거죠. 그렇게 1년쯤 지났을 때 유일하게 마거릿 조라는 친구를 사귈 수 있었어요. 마거릿도 LA에서 아르바이트를 하며 생계를 이어갔죠. 그녀는 첫 만남 때부터 내 코미디에 칭찬과 지지를 아끼지 않았어요. 그러다 어느 날 마거릿이 내 데모테이프를 자기 소속사에 보냈다는 거예요. 소속사에서 전화가 와서는 "우리 소속사로 와라. 일을 주겠다"라고 했죠. 그래서 갔어요. 그때 난 어떻게 그런 큰 결정을 내릴 수 있었을까요? 내가 그때 뭘 어떻게 해야 했을까요? 그 제안을 내가 어떻게 생각했느냐고요? 그때 내 생각은 별로 중요하지 않았어요. 그때는 내가 하는 일을 다른 사람이 어떻게 생각하는지가 가장 중요했거든요. 난 예쁘지도 날씬하지도 연기를 잘하지도 인맥이 넓지도 않았으니까요. 누구든 나를 믿어주는 사람이 있다면 딱 그만큼만 나 자신을 믿었죠. 그래서 일을 시작하려고 할리우드의 프랭클린 애비뉴 모퉁이에 있는 커다란 아파트로 들어간 거죠. 그런데 3킬로미터쯤 떨어진 곳에서 수풀과 철문으로 둘러싸인 고딕풍 대저택을 발견했어요. 대문에는 이렇게 쓰여 있었죠. "연예인센터"*

그렇게 LA로 건너간 나는 사이언톨로지에 빠졌어요. 신도들은 빠르게 늘어났고 당시 만난 사람들은 모두 그 종교에 미쳐 있었죠. 난 사이언톨로지가 뭔지도 잘 몰랐어요. 어릴 때 텔레비전에서 10초짜리 다이어네틱스** 광고를 본 적은 있지만 그때도 괴상한 공상 과학 정도로 치부했어요. 그리고 그게 맞았고요.

사이언톨로지 인맥을 통해 연예계 일에 대한 도움을 많이 받고 그래서 더 그 종교에 빠지게 된 사람들을 많이 봤어요. 신도들은 전 재산을 쏟아붓고 기존의 인간관계를 끊었죠. 사이언톨로지를 떠나려고 하면 스토커가 붙거나 고소, 모함을 당했어요. 누가 봐도 정상적인 '종교'는 아니었죠. 사이언톨로지는 무섭고 음침하고 괴상했지만 난 입교를 그다지 꺼리지 않았어요. 과거의 특이한 내 모습과 비슷하게 느껴졌거든요.

---

* The Celebrity Centre, 미국의 사이비 종교 사이언톨로지가 연예인 등 유명인을 대상으로 운영하는 교회다. 사이언톨로지 신자인 연예인과 영화산업 초년생들의 모임 장소로 사용되며 절박한 연예인 지망생들이 이곳을 통해 사이언톨로지에 입문하는 경우가 많다.

** Dianetics, 사이언톨로지에서 사용하는 심리치료 요법으로 유해한 심상을 없앰으로써 신체 증상을 개선하는 치료 방식이다.

사이비 종교라 그런지 가입은 무척 쉬웠어요. 사이언톨로지는 자신들이 모든 문제의 '해답'을 쥐고 있다고 세뇌하면서 신도 내면의 깊은 욕망을 자극하죠. '연예인센터'에서 연예인과 어울리고 싶지 않은 사람이 누가 있겠어요? 사이언톨로지에 입성하면 담배를 문 잭 니컬슨이 환하게 웃으며 반겨줄 것만 같죠. '사이언톨로지에 오신 걸 환영합니다. 여러분은 할리우드에서 성공할 거예요.' 그러면 걱정 끝! 하지만 나쁜 소식이 하나 있어요. 그래도 걱정거리는 절대 사라지지 않을 거예요. 근심거리가 더 생기겠죠. 결국 스스로 근심을 어떻게 다스려야 할지 터득해야 할 거예요. 정해진 답은 없어요. 인생은 그렇게 단순하지 않잖아요.

여러분을 어떤 방향으로 유도하려는 사람도 자기 나름의 문제를 안고 살아요. 처음부터 말하고 시작할 걸 그랬네요. '우리 모두 나름의 문제를 안고 산다.' 이모, 정부, 너구리… 그게 누구인지는 중요치 않아요. 우리는 각자 원하는 바를 이루려고 이 세상에 온 거고, 그건 나도 여러분도 마찬가지죠. 그게 뭐 나쁜 건 아니니까요. 이 세상에 영원한 문제는 없어요. 걱정거리는 수시로 바뀌죠. 다른 사람이 마치 모든 문제의 해답을 가진 것처럼 말해도 여러분의 문제를 두고 왈가왈부하도록 내버려두지 마세요. 여기서 핵심은 그들이 마치 모든 해답을 다 알고 있는 것처럼 말한다는 거예요. 휴. 해답을 다 알고 있다고 주장하는 사람들은 '결코' '어떤' 답도 갖고 있지 않아요. 하여간 그래도 조언이 넘치는 이 책을 사준 여러분, 너무 고마워요!

내가 처음 심리치료사를 찾았을 때 그녀는 세련된 의자에 앉아 차를 마시며 내 얘기를 들었어요. 난 황록색 소파에 앉아 내가 싫어하는 사람들, 나를 싫어해서 신경 쓰이는 사람들에 대한 얘기를 소리 높여 떠들고 있었죠. 그때는 사건 사고도 많았고 사람들과의 관계도 힘들었어요. 이런저런 상황 때문에 내가 괴물같이 느껴졌어요.

배신과 상처로 점철된 비슷비슷한 이야기를 두 달 동안 듣던 치료사는 어느 날 이렇게 말했어요. "내가 당신의 내부 집단에 대해 물은 적 있나요?"

잠깐 한숨이 나왔죠. 하던 얘기가 끊겨서 좀 짜증이 났거든요. "없는데요."

"친하다고 할 만한 친구들이 몇 명 정도 있어요?"

"음… 서른 명? 서른 명 정도요."

치료사는 놀라며 날 쳐다봤어요. "어머! 너무 많네요."

"그래요?"

그녀는 웃으며 고개를 끄덕였어요. "다섯 명으로 해요."

"다섯 명이요?" 이번엔 내가 놀랐죠.

"나는 진짜 친한 친구들을 말한 거예요. 보통 한 명에서 다섯 명 정도죠. 그 이상은 너무 많아요. 친한 친구들은 적은 게 좋아요. 아는 사람은 많을 수도 있죠. 하지만 그들은 외부 집단 사람이에요. 심각한 고민을 그들에게 털어놓지는 않잖아요. 그 사람들은 캐런을 잘 모르니까요. 그보다는 안쪽에 속한 집단도 있어요. 그냥 친구들이죠. 이들은 외부 집단보다는 친하지만 내부 집단에 있는 친구들만큼 친밀하진 않아요. 내부 집단 친구들은 절친한 사이죠. 이 친구들은 당신을 공항까지 차로 태워다줄 수도 있죠. 바로 이런 친구들에게 에너지를 쏟아야 해요."

난 치료사를 빤히 쳐다봤어요.

참다운 인생의 진리가 온 방에 울려 퍼졌거든요.

그녀는 다시 미소를 지어 보였어요. "우리에게 주어진 모든 시간을 이 사람들에게 쏟아야 해요."

어떤 사람에게는 빤한 소리일지 모르지만 내게는 그 말이 가슴에 와서 박혔죠. 난 그저 인기인이 되고 싶은 괴짜 관심종자 여고생에 지나지 않았던 거예요. 관심과 인기는 숫자 놀음일 뿐이었던 거죠. 인간관계의 질은 전혀 따지지 않았어요. 내부 집단에서 풀어야 할 문제들을 외부 집단에 가져가놓고는 문제가 안 풀린다고 징징대고 있었던 거예요. '놓치지 말아야 할 다섯 명의 친구들'이라는 개념은 이렇게 탄생했어요. 그리고 이런 신념을 지금까지 소중히 간직해왔죠.

심리치료사에 대한 얘기도 좀 해볼게요. 심리치료사들은 절대 자신들에게 해답이 있다고 주장하지 않아요. 실제로 그들도 모든 답을 다 알고 있지는 않죠. 어쩌면 그들은 자기 의견을 내세우지 않기 때문에 돈을 받을 수 있는 건지도 몰라요. 여러분이 문제를 해결할 수 있도록 도울 뿐이죠. 여러분이 울면 치료사는 일단 지켜볼 거예요. 치료사는 내부 집단의 본보기가 되어 내부 집단의 태도가 어때야 하는지를 깨닫게 도와주죠. 그러면 여러분은 내부 집단에 있는 사람들이 누구인지 인식하고 그들을 더 친밀하게 느낍니다.

이런 점에서 사이비 종교 집단이 포섭 대상의 가족과 친구를 그에게서 제일 먼저 끊어내려고 하는 건 우연의 일치가 아니에요. 여러분 곁에서 "웃기고 있네"라는 표정으로 지적하는 사람이 아무도 없다면 여러분은 엉터리 말과 부당한 대우를 아무렇지 않게 받아들일 테니까요. 여러분을 아끼는 사람들을 나쁘게 말하는 사람은 믿지 마세요. 바로 이게 거대한 붉은 깃발, 위험 신호예요. 누군가 여러분의 주변인들을 '끊으려' 한다면 그 사람은 여러분을 아끼는 사람이 아니에요. 그냥 나쁜 놈들이죠.

우리는 모두 비정상에 겁쟁이지만 인생의 진리를 찾으려는 구도자예요. 누구도 자신을 불리한 상황으로 몰아가려 하지 않죠. 만약 스스로를 불리하게 몰아간다면 그건 우리가 무너졌다는 증거가 아니라 인간이라는 증거예요. 유감이라고 말하며 남들과 다르다는 걸 인정하고 가능성을 열어두면 계획대로 일이 되지 않아도 그다지 겁을 먹지 않게 될 거예요. 두려움을 덜어내면 '해답'을 가진 사람을 찾는 횟수도 줄어들겠죠. 여러분이 누구인지, 무엇을 지지하는지, 누구를 사랑하는지 천천히 생각해보세요. 그리고 내부 집단에 그들을 넣으세요. 그들은 지혜롭고 강하며 분명 여러분을 사랑할 거예요. 먼저 좋은 친구가 된다면 그들도 여러분 곁을 떠나지 않을 거고요. 그러면 사는 게 너무 힘들어서 막 화가 나고 사이비 종교에 가입하고 싶을 때도 언제든 부를 수 있는 든든한 '아빠'가 한 명 생기는 거예요.

수많은 사람들이 유명 배우가 될 거라는 꿈을 안고 로스앤젤레스로 갑니다. 하지만 성공하는 사람은 극소수예요. 시간이 흐르면서 로스앤젤레스는 한때 잘나갔지만 이내 날개가 꺾여 심하게 상처받은 이들로 가득 찼어요. 남북전쟁 중인 전쟁터 같죠. 절망에 빠져 휘청이며 할리우드 주변을 서성거리던 사람들은 어느 순간 정신적 상처를 드러내고 아무도 모르게 의사를 찾아 헤매요.

그들은 수년간 오디션을 보며 도전에 도전을 거듭했어요. 하지만 돌아오는 말이라고는 "됐습니다, 수고하셨어요"였죠. 심지어 아무 말을 듣지 못할 때도 있었고요. 이게 바로 할리우드 시스템의 가장 추악한 부분이에요. 실패하면 "괜찮았는데, 다른 쪽이 더 잘 어울릴 것 같아요"라는 말도 듣지 못하죠. 절대. 그러고 나선 연예계 유령에게 밤새 시달리고요. 그러다 결국 시시한 배역에도 전쟁터로 떠나보낸 연인처럼 집착하게 되는 거죠. 전쟁터에서 도착한 편지에 그래도 살아야 한다고, 아침 햇살에 비친 당신이 얼마나 아름다운지 아느냐고 쓰인 것도 아닌데 말이에요. 유난히 더 나쁜 소식도 없어요. 그저 반복해서 거부당하다 보면 어둠의 그림자만 짙어지는 거죠.

오디션도 처음에는 꽤 재미있어요. 오디션장을 나올 때는 오디션을 잘 봤다는 착각이 들거든요. 심사위원이 만족한 것 같고, 반드시 합격할 것만 같죠. 친하다고 생각했던 스물두 명쯤 되는 친구들에게 이 얘기를 떠들고 다닐 거고요. 지금까지 본 시나리오 중 최고라고 말하면서요. 그러면 친구들의 질투 어린 시선을 받게 되겠죠. 하지만 이런 건 여러분에게 독이 된다는 걸 명심하세요. 시사회가 끝나면 인생에서 끊어야 할 사람이 누구인지를 따져봐야겠죠? 차단할 친구 목록을 만들면서요. 웃으면서 주연 배우에게 손을 흔들어주는 연습도 하고. 그렇게 이틀 정도 시간이 흐를 텐데, 그동안 휴대폰을 확인하고 또 확인하죠. 늘 그렇듯 아무 연락도 없고요. 세 시쯤 되면 확신이 점점 없어집니다. 차단 목록의 이름을 바꾸게 되죠. "급할 때 돈을 빌려야 할지도 모르는 사람들". 네 시쯤 되면 이런 말이 불쑥 튀어나옵니다. "무소식이 희소식이지!" 희소식은 집에서 듣는 게 최고라며 익숙한 공간으로 갑니다. 그러고는 방 창가에서 흐지부지 끝난 희망을 외면한 채 연락을 기다려요. 그렇게 닷새가 흐르죠. 아침에 눈을 뜨면 지금까지의 희망이 터무니없이 날조된 거였다는 사실을 깨닫게 돼요. 오디션에서 떨어진 거예요. 내가 심사위원 마음에 들지 않은 거예요. 그걸 깨닫는 순간 내 자신이 너무 안쓰럽고 자신감은 바닥을 치죠. 상처받은 영혼은 할리우드라는 황무지에서 길을 잃고, 나침반은 깨지고, 바닥으로 떨어진 자존감은 회복하기 힘들어져요.

5년 동안 희망을 품다 거절당하는 경험을 반복하면 예전의 나라는 사람의 껍데기에 금이 가는 걸 느끼게 돼요. 그러면 온갖 종류의 광신도들이 달라붙기 시작하죠. 공상 과학을 연상시키는 가짜 종교, 성형수술, 즉흥 강좌들. 이런 온갖 믿음은 사람들의 도피처가 되죠. 이 동네에도 길모퉁이마다 만병통치약을 파는 엉터리 약장수들이 한 명씩은 꼭 있더라고요. 살다 보면 안 좋은 치료제를 찾게 되는 날들이 있어요.

이번에는 내가 써봤던 치료제 중에 가장 해로웠던 두 가지를 소개할게요.

난 10대 때 술이라는 믿음에 빠져 있었어요. 와인 칵테일이 인기를 끌 때라 스물일곱 살 때까지 거의 집 밖으로 나가질 않았죠. 술 마시는 걸 '너무 좋아했거든요'. 술은 내 첫사랑이었어요. 술 마실 생각만 해도 얼굴이 빨갛게 달아오르고 흥분됐어요. 맥주, 와인 칵테일은 물론이고 부모님의 양주 진열장에서 아무거나 꺼내 각종 술을 다 마셔봤죠. 위험하지만 멋진 경험이었고 뭐든 할 수 있을 것만 같았어요. 그러다 갑자기 발작을 일으켜 병원에 실려간 후에야 내가 잘못된 믿음을 고수했다는 걸 알게 됐죠. 의사는 알코올 중독 금단 증상 때문에 발작이 일어난 것 같다고 진단했어요. 난 되레 술을 끊은 적이 없다고 소리쳤죠. 의사는 황당하다는 듯 날 보며 보통 하루에 술을 얼마나 마시냐고 물었어요. 난 빠르게 계산을 해봤죠. 일을 마치고 밤 10시부터 새벽 1시까지, 한 시간에 네 잔 정도 마셨으니 매일 열두 잔 정도를 마셨던 셈이죠. 이렇게 따지니 너무 많이 마신 것 같은 거예요. 의사에게 두 자리 숫자를 대 놓고 얘기하는 건 별로 안 좋을 것 같아서 거짓말로 둘러댔어요. "여덟 잔 정도요."

의사는 눈이 휘둥그레지더니 "아니, '일주일' 말고 '하루에' 얼마나 마시냐고요."

난 미소를 띠며 다시 말했어요. "여덟 잔요."

의사의 얼굴이 어두워졌어요. "여덟 잔이라고요? 하루에? 맙소사."

"내가 아는 사람들도 그 정도 마시는데요!" 난 툴툴거렸죠.

하지만 그는 내 말을 듣지 않았어요. 차트에다 내 사회생활 이나 나에 대해 판단한 것들을 쓰느라 정신이 없었거든요. 젠 장, 난 이 남자가 너무 싫었어요.

다른 친구들도 전부 나만큼 술을 많이 마시는데 발작으로 병원에 실려간 사람이 한 명도 없다며 안심했던 게 내 문제였 어요. 나만, 유일하게 나만 병원에 온 거예요. 화려한 내 사교 활동도 저 고지식한 의사에게 줄줄 읊어줘야 했고요. 의사 양 반도 파티라면 질색하나요? 이렇게 싸가지 없는 의사가 될 거 면 왜 숙제를 열심히 해서 의사가 된 거냐고요.

그런데 지나고 보니 이런 내 사고방식이 틀린 거였더라고요. 열두 잔이든 아홉 잔이든 밤마다 그렇게 마시는 건 안 좋아요. 밤에는 서너 잔이 적당해요. 그 이상으로 마시면 한 시간 후에는 이명, 비명, 구토의 주인공이 되어 있을 거예요.

술에 취할 때를 생각해보세요. 기억이 잘 나던가요? 맥주 여덟 잔을 마시면 기분은 좋아지겠지만 뇌도 술에 취해 인지 기능이 심하게 떨어지게 되죠. 술을 많이 마셔야만 기분이 좋아진다고 생각하는 사람들은 욕구를 잘 조절하지 못해요. 이번 생에서 우리가 누릴 수 있는 즐길거리는 아주 많아요. 잠시 정신줄을 놓고 자신을 친구들에게 웃음을 선사하는 먼지투성이 무생물이라고 생각해보는 건 어때요? 제목은 '좋은 추억으로 남을 미친 짓', 어때요? 좀 웃긴가요? 아니라고요? 그럼 그냥 빛바랜 미친 짓 퍼레이드, "젠장, 어젯밤에 대체 무슨 짓을 한 거야?"는 어때요? 건전하고 재미있는 오락거리를 찾아 삶을 채워야 해요. 그러면 술에 의존해 즐거움을 찾으려는 일은 줄어들 거예요. 술과 건전한 오락거리의 차이를 깨닫고, 습관을 바꿔 제대로 된 감정을 느껴보세요.

예를 하나 들어볼게요.

주정뱅이 시절을 지나 20대 후반의 어느 날 친구들과 바다에서 수영을 즐겼던 기억이 내게 유난히 아름답게 남아 있어요. 난 슬프거나 공황 상태에 빠질 때면 그런 기억들을 떠올리며 잠시 현실을 잊곤 하죠. 마음이 편해지고 기분이 좋아지거든요. 그때 우리 여섯 친구들은 함께 거리의 무법자처럼 여름 햇살을 받으며 물속을 철벅철벅 걷고 바다 위로 둥둥 떠다니며 웃고 떠들었어요. 너무 즐거웠어요. 온몸이 흠뻑 젖었죠. 술을 끊은 이후로 살이 많이 빠져서 남들에게 수영복 차림을 보여준다는 사실만으로도 엄청나게 행복했어요. 어떤 잘못도 다 용서해줄 수 있을 것처럼 분위기가 너무 좋았어요. 같이 헤엄치고 노는데 한 친구가 다른 친구의 어깨에 올라타면서 이렇게 외쳤죠. "기마전!" 우리는 모두 웃었지만 다른 친구 부부는 진심으로 하고 싶어 했어요. 그때부터 바다 한가운데서 기마전을 할지 말지 찬반 논쟁이 벌어졌죠. 난 떨어지면 위험하다고 했지만 그렇게 말하면서도 그다지 위험하지 않다는 걸 알고 있었어요. 조금도 무섭지 않았어요. 곁에는 친구들이 많았고 우리에게 아무 일도 일어나지 않을 걸 알고 있었어요. 그리고 정말 아무런 사고도 일어나지 않았답니다.

짧은 시간이라도 좋아요. 뇌를 맑고 상쾌하게 유지하자고요. 그래야 소소하고 멋진 삶의 순간들을 알아차리고 기억할 수 있어요. 술독에 빠진 뇌는 그러지 못하죠. 술 취한 뇌는 멀리 보지 못하고 귀도 잘 안 들리고 5초씩 반응이 느려요. 알코올이 신체 기능을 저하시키기 때문이에요. 이웃이 큰 힘이 되는 작은 친절을 베풀어도 알코올에 빠진 뇌는 그걸 잘 눈치채지 못하죠. 그런 선의를 진정성 있게 받아들이지 못해요. 술독에 빠진 뇌는 쾌락을 얻으려면 술을 더 마셔야 한다고 우리를 세뇌할 거예요. 하지만 진실은 정반대예요. 조심하지 않으면 술은 온갖 삶의 즐거움을 죄다 빼앗아갈 거예요.

완벽주의

1980년대에는 슈퍼모델들이 인기가 많았어요. 언제부턴가 패션 잡지 속 나오미 캠벨과 린다 에반젤리스타 같은 무명 모델들이 스타로 떠올랐죠. 뮤직비디오, 영화, 토크쇼 등 그들이 안 나오는 데가 없었어요. 그들은 엄청 화려했고 심하게 말랐었어요. 항상 커다랗고 하얀 치아를 드러내며 웃거나 방금 놓친 버스를 보듯 어딘가를 쏘아보고 있었죠. 사람들은 튜브 드레스에 콤배트 부츠를 신은 모델들에게 열광했어요. 술 취한 미용사가 자른 듯한 머리 스타일까지 완벽하게 소화했고 그 스타일은 곧 유행이 됐죠. 스쾃운동도 거뜬히 해낼 수 있을 것 같았고요. 모델들은 모든 걸 다 가진 사람 같았어요.

내가 더 이상 예쁘게 느껴지지 않았어요. 눈에 띌 정도로 매력적이고 싶은데 그러려면 쫄쫄 굶어야 했죠. 이런 흐름은 극단적 공황 상태로까지 이어졌어요. 내게는 그들과 경쟁할 무기가 없었죠. 엉덩이는 너무 펑퍼짐하고, 골반은 넓고, 얼굴도 크고, 주근깨도 있고, 앞니 사이도 벌어졌는데 심지어 전부더 심해지기까지 했어요. 6학년 때는 안쪽 허벅지에 벌겋고진한 튼살도 생겼어요. 오밤중에 표범한테 습격이라도 당한사람처럼 아침에 일어나 보니 난데없이 튼살이 생긴 거예요.불쾌하고 이상했죠. 나중에 알고 보니 내 할머니가 수영장에서 그랬던 것처럼 무릎 뒤쪽의 혈관이 터져서 생긴 거였어요.다리는 푸른 잿빛처럼 창백해서 혈관에 모양까지 훤히 보였죠. 이제 타이츠 없이는 반바지나 미니스커트를 못 입겠구나.이런 생각이 들면서 짜증이 났어요. 결국 난 현실을 직시했죠.'밀라노 무대를 누빌 자질이 나한테는 없구나.' 가슴이 찢어졌어요. 그리고 내 자신이 너무 '싫었죠.'

문제를 바로잡고 언젠가는 예뻐질 날을 고대하며 온갖 리스트를 만들기 시작했어요. 문제는 간단했죠. 수술로 엉덩이,허벅지, 복부 지방을 제거하면 됐으니까요. 수술을 받으면서빠르게 코 성형수술과 커다랗고 하얀 치아 이식수술도 함께가능한지 물어봤어요. 전신 제모, 다리 교정술, 1년 정도로 유지되는 태닝, 손가락 지방 흡입술, 모공 축소술도 해야 할 것같았어요. 좀 부끄럽네요.

열세 살 이후로는 남들을 의식하며 주눅이 들거나 감정을 숨기거나 창피해서 얼굴이 달아오르는 등 언제나 자기혐오에 시달렸어요. 인기 있는 여자애들이 너무 부러워서 그 무리 중에 제일 예쁜 애처럼 됐으면 좋겠다는 생각도 자주 했죠. 그런 바람은 날 절박하고 미치게 만들었어요. 단 5분이라도 먹는 것을 참을 수 있다면 모델처럼 거식증 환자가 되는 법을 생각해냈을 거예요. 하지만 내가 모델이 되기에는 지나치게 거구라는 사실도 알고 있었어요. 이런 불안이 엄습하면 또 먹는 걸로 마음을 달랬고요. 나는 나에게서 서서히 멀어지는 '아름다움'이라는 배를 멍하니 바라보고 있었죠. 현실을 믿을 수 없었어요! 그러고는 내게서 내세울 게 뭐가 있는지 곰곰이 생각해봤어요. 그렇지만 타협점을 찾을 수는 없었네요. 신디 크로퍼드가 될 수 없다면 난 아무것도 아니었죠.

완벽을 향한 맹신은 두려움 그 자체였어요. 우리는 사람들과 관계 맺기를 원하지만 결벽증 환자처럼 거절을 두려워하죠. 그래서 머릿속으로는 스스로 완벽해질 때까지 집 밖으로 나가지 말라고 외치는 거예요. 하지만 나이가 들면 가장 형편없고 아이러니한 삶의 교훈을 배우게 돼요. '완벽'은 행복을 보장해주지 않는다는 것. 사실 이 말도 샌드라 불럭의 남편이 바람을 피웠다는 충격적인 기사를 보기 전까지는 그다지 마음에 와닿지 않았어요. 뭐? 대체 왜? 샌드라 불럭은 만인의 연인인데. 엄청 멋있고, 성격도 소탈하고 유쾌하고, 연기도 진짜 잘하는데. 그에 반해 그 남편은 마트 핫도그 가게에서 흔히 볼 수 있는 남자인데 말이죠. 그런데 그 남자가 샌드라 불럭을 두고 바람을 피웠다고? 이 소식을 접한 후 나는 나를 옭아매던 완벽이라는 망상에서 벗어날 수 있었어요. 난 내 행복보다 타인의 기대를 우선시했고 그로 인해 내가 겪는 희생과 불편은 무시했죠. 그래서 계속 이렇게 마음이 아팠던 거겠죠? 젠장.

음, 인생은 능력에 비례해 굴러가지 않아요. 아무리 완벽한 인간으로 태어나도 상처받는 일은 늘 있죠. 분명 그럴 거예요. 그건 삶을 얻은 대가예요. 상처가 없다는 사람은 들어본 적이 없네요. 집에만 있는 사람이 아닌 이상. 생각해보면 말 한마디에 괜히 기분이 나빴던 적도 있잖아요. 그나마 다행이에요. 이제는 그 나쁜 감정이 사라졌다는 의미니까요. 어떤 이들은 외로워서 마음에 상처를 입기도 하죠.

우리는 '최고'가 되기 위해 비참해질 때까지 미친 듯이 자기 자신을 몰아붙여요. 하지만 우리 목표는 '진정한 자신'이 되는 거예요. 그러려면 뭔가를 맹신하던 습관을 버리고 새로이 눈을 떠야 해요. 지금 너무 괴롭고 아프다면 뭐가 잘못되었는지를 먼저 찾으세요. 지금의 고통은 훗날 10년 동안 웃으며 얘기할 수 있는 재미난 화제가 될 거예요. 결점 때문에 숨지 마세요. 결점은 불완전한 다른 사람들과 여러분을 연결해주는 끈이에요. 내 심리치료사인 미셸이 해준 말이죠. 그녀는 계속 이런 이야기를 내게 들려주었어요. 처음에는 그녀가 쓸데없는 말만 한다고 생각했는데 지나고 보니 그녀가 맞았어요.

도벽에 빠졌다면

내 오랜 가치관과 조금 상반되는 내용이지만 캐런의 말을 인용하자면 살면서 여러분이 사이비 종교에 빠지는 등 허튼 짓을 할 때 여러분을 도와줄 누군가가 꼭 있어야 해요. 도움의 손길을 건네는 사람들은 사이비 종교에 빠진 당신을 멍청하다고 생각하더라도 거기서 무사히 빠져나올 수 있게 기꺼이 도와줄 거예요. 마찬가지로 가족이나 친구가 똑같이 어리석은 실수를 저지른다면 여러분도 도와줘야 하고요.

난 열세 살 때 사춘기를 겪으면서 도벽에 빠졌어요. 음, 다들 그런 시기를 경험하지 않나요? 그래요, 난 항상 뭐든 지나쳐서 탈이었죠.

유대교 축제일인 하누카 때 할머니에게 멋진 청재킷을 선물받았는데 그게 너무 좋아서 샤워할 때도 욕실에 가지고 들어갈 정도였죠. 약간 닳은 빈티지 느낌, 말아 올린 소매, 빳빳하게 세운 옷깃… 명품 브랜드 재킷 같았어요. 그렇지만 내 몸에 비해 너무 컸죠(마른 몸을 갖기 위해 일부러 쫄쫄 굶던 시기가 있었다고 말했나요?). 제일 마음에 드는 부분은 재킷 안쪽에 있는 비밀 주머니 두 개였어요. 훔친 물건들을 숨기기에 제격이었거든요.

처음 담배를 입에 댄 시기에 도벽도 시작됐어요. 밤만 되면 더 심해지는 질풍노도의 감정 때문에 어떻게 하면 엄마나 선생님의 애정을 얻을 수 있을까 고민하던 사랑스러운 문학소녀가 '문제아' 타이틀을 얻기 위해 몸부림치는 부적응아로 변한 거예요. "좋은 사람이 되려고 하면 관심을 얻지 못해. 나쁜 짓을 해야 모두가 날 쳐다본다고!" 진부하기도 해라. 잘못된 생각이기도 하고요. 그런데 진짜 그렇더라고요.

포근한 느낌이 그리웠던 나는 내 침대에서 빠져나와 엄마 침대로 파고들었어요. 캠프를 갈 때면 엄마의 향수를 베개에 뿌리고 갔죠. 소리를 지르고 울고불고 짜증 내며 엄마와 싸우고 학교에 간 날에는 엄마가 더 보고 싶었어요. 집에서 하루 종일 치즈 토스트나 먹으며 텔레비전 예능이나 보고 싶었죠.

물건을 훔치는 건 내 반항심을 증명하고 내가 겁쟁이가 아니란 걸 보여줄 수 있는 좋은 방법 같았어요. 흡연만큼이나요. 난 자존감이 정말 낮은 아이였고 집집마다 흔히 있는 반항아 같은 존재감 넘치는 사람이 되고 싶었던 거죠. 게다가 불량 청소년들은 여기저기 문제를 일으키고 다니는 걸 재미있어하는 부류니까요! 타인의 마음에 들고 모나지 않게 평범한 인간이 되는 건 힘든 일은 아니에요. 다만 고분고분한 인간이 되지 않는 게 내 목표였기 때문에 그렇게 살 수는 없었죠. 우리 집 사람들은 알고 보면 다들 괴짜지만 내가 그걸 받아들이기까지 오랜 시간이 걸렸어요.

절도가 주는 뜻밖의 즐거움은 내가 빚지고 있는 물건들을 갖게 된다는 거예요. 엄마의 월급과 아빠들의 양육비만으로는 살 수 없는, 그렇지만 다른 친구들에게는 당연하게 주어지는 물건들이었죠. 우리 가족은 학교에서도 손에 꼽히는 결손 가정이었고 그 사실은 날 더 열받게 했어요. 장을 보는 날에 엄마는 우리가 먹을 음식을 사기 위해 부도수표를 발행해야 했어요. 옷장은 이 집 저 집, 특히 남자 사촌에게서 물려받은 옷으로 가득 찼죠. 쌓여가는 청구서를 보며 연일 한숨짓는 엄마가 안쓰러웠지만 속옷을 새로 사야 한다고, 가슴이 커져서 브래지어가 필요하다고 말해야 했어요. 그러면 우리는 또 무슨 돈으로 그걸 사나 속을 끓였죠. 그러다 번뜩 물건을 훔치면 모든 게 해결된다는 생각이 든 거예요. 필요한 물건을 알아서 구할 수 있게 되는 거잖아요. 나는 세상에 화가 나 있었고, 꼭 필요한 것도 갖지 못하게 하는 세상이 내게 빚을 지고 있다고 생각했어요. 풍족한 세상에서 자급자족으로 살아가는 건 나쁜 이었죠.

자, 다시 공범인 청재킷 얘기로 돌아가죠. 지갑이나 주머니에 물건을 슬쩍 넣는 흔한 수법은 발각되기에도 딱 좋다는 걸 나도 알아요. 대신 나는 꽁꽁 숨어 있는 큼직한 안주머니를 애용했죠. 안주머니가 마치 자기도 범죄에 끼워달라고 애원하는 것 같았어요.

나는 별 생각 없이 손에 잡히는 물건이면 뭐든 몰래 재킷 소매 안으로 자연스럽게 밀어 넣었고 이어서 안쪽 주머니로 쏙 떨어뜨렸어요. 그리고 나서 손을 소매 밖으로 쏙 뺐죠. 눈으로 봐서는 내가 팔을 움직였는지 누구도 알 수 없었어요. 이 정도면 가히 천재 아닌가요?

그 재킷을 이용해 훔친 필수품이 뭐였냐면요.

인생 첫 티 팬티,
레드 핫 칠리 페퍼스의 음반 〈블러드 슈거 섹스 매직〉 카세

트테이프,

훔치면 무서운 저주를 받는다는 말에 바로 다른 사람에게

넘긴 타로카드 세트,

중고 시장에 나온 단종된 브랜드 향수,

서핑 용품점의 브랜드 스티커 한 묶음,

미용실의 고급 샴푸와 컨디셔너,

할인 마트의 담배 여러 보루와 화장도구 여러 개,

할인 마트 보안 요원의 위엄(달리기로 앞지름).

　가게에서 물건을 훔치다 처음 걸린 날 나는 도둑질을 그만 뒀어요. 내 절친 멕도 청재킷과 더불어 공범이었는데, 막 떠오르는 반항아계의 샛별이었죠. 같은 축구팀에 들어가기 1년 전에 친해졌는데 금방 죽고 못 사는 친구 사이가 되었죠. 멕은 아주 똑똑했고 왈가닥에 운동신경도 좋았어요. 반항기였어도 멕은 엄한 아버지 아래서 자라 가끔 담배를 몰래 훔치거나 싸구려 매니큐어를 한두 번 훔치고 말았어요. 문제의 그날로부터 얼마 지나지 않아 멕의 부모님은 나와 멕을 절교시키려 했고 나는 억울하게 나쁜 친구로 낙인찍혔어요. 이후 우리는 서로 다른 길을 갔고 내가 마약 중독자가 되어 학교를 빼먹는 날이 많아지면서 자연스레 멀어졌어요. 나와 달리 공부를 잘

했던 멕은 대학 교수가 되었죠. 하지만 필드에서 함께 뛰었던 열세 살의 우리는 세상 둘도 없는 친구였어요.

내가 살던 지역의 거대한 고급 쇼핑몰은 나이 많은 남자들의 어리고 예쁜 부인들로 언제나 북적였어요. 나도 어릴 적 회전목마를 타러 가곤 했던 곳이죠. 멕과 나는 가장 마음에 드는, 즉 물건을 훔치기 좋은 매장에 들어갔어요. 10대 초반 여자애 둘을 절도광으로 만들어줄 세 가지 조건, 바쁜 점원과 주머니에 쏙 들어가는 물건, 우리를 숨겨줄 손님이 많은 매장을 찾아다닌 거예요.

그날 이 조건들을 완벽하게 충족시킨 매장은 '샬럿 루스'였어요. 최신 유행 제품을 할인해 파는 곳이었는데 R&B 음악이 흘러나왔고 매대에는 난잡한 클럽 의상이 걸려 있었죠. 그때 귀여운 귀걸이 한 쌍에 내 시선이 멈췄어요. 귀걸이를 하고 싶다기보다 너무 훔치고 싶었어요. 테두리가 금이었나? 그랬던 거 같은데 기억은 잘 안 나네요. 이해가 안 되겠지만 그 귀걸이가 하고 싶었던 게 아니라 그냥 뭔가를 원했고, 원하는 걸 갖고 싶어서 더 '안달이 났죠'. 원하는 걸 손에 넣으면 나락에 빠진 자존감이 회복될 거라고, 이 귀걸이가 날 멋지게 해줄지도 모른다고 생각했나 봐요.

귀엽지만 소장 가치는 전혀 없는 귀걸이를 믿을 만한 재킷 안쪽 비밀 주머니에 '두 번째로' 넣었을 때 뭔가 불길한 예감이 들었어요. 직감으로 알 수 있었죠. 어떤 여자가 내 옆으로 가까이 왔고 내가 물건을 둘러보며 자연스럽게 행동할 때도 내 뒤를 졸졸 따라다녔어요.

한창 사춘기인 여자애가 죄책감에 사로잡혀 얼빠지게 움직이는 모습을 상상해보세요. 자연스럽게 보이려고 얼마나 태연한 척을 했을지 상상이 갈 거예요. 난 멕의 팔을 잡고 속삭였죠. '야, 나가자, 빨리.' 그러고는 멕을 문 쪽으로 떠밀었어요.

멕이 먼저 매장을 나갔어요. 난 실패했죠. 매장 문 쪽으로 가려고 하는데 어깨에 묵직한 손이 느껴졌어요. 액세서리 코너에 있던 그 여자였어요.

내 어깨를 잡은 여자는 매장 안으로 다시 들어오라고 했어요. 멕은 겁에 질린 채 얼어버렸죠. 빌어먹을 사건이 터진 거예요. 우리 둘 다 느꼈어요. 난 표정으로 "안녕, 잘 가"라고 말했고 멕은 "빨리 도움을 요청할게"라고 눈짓으로 말했어요. 그러고 나서 멕은 언니에게 데리러 오라고 말하기 위해 공중전화를 찾기 시작했죠.

그 여자는 범죄 현장을 지나쳐 매장 내부의 깊숙한 곳에 자리한 작고 어두운 사무실로 날 데려갔어요. 그러고는 못생긴 책상 옆에 놓인 불편해 보이는 접이식 의자에 나보고 앉으라고 했죠. 날 데려간 여자와 책상 뒤편에 앉은 만삭의 임신부가 있는 그곳에서 내 의견 따위는 중요하지 않았어요. 그들은 날 투명인간 취급하며 날 어떻게 할지 논의했어요.

내가 임신부의 배를 보면서 잠시 고갯짓을 하는데 날 데려온 여자가 물었어요. "애 낳을 때 됐나?"

그러자 임신부가 날 힐끗 쳐다보더니 말했어요. "아들이었으면 좋겠어!"

둘은 깔깔대며 웃었고 난 머리가 바닥에 닿을 듯이 아주 구부정하게 서 있었어요. 마음 같아서는 재킷 안쪽 주머니에 들어갈 정도로 몸이 작아져버렸으면 좋겠다고 생각했어요. 곧 닥칠 일이 너무 두려웠고 무엇보다 너무 창피했거든요. 감옥에 가는 것보다 부모님 귀에 이 사실이 들어가는 게 더 최악이었어요.

엄마가 이를 악물고 분노할 모습을 상상하니 피가 얼어붙는 것만 같았죠. 엄마에게 전화했다면 난 맞아 죽었을 거예요. 생각만 해도 굴욕적이네요. 그때 난 열세 살이나 먹었는데도 엄마한테 맞고 다녔죠. 사춘기였다고요! 담배도 피웠고요! 마음만은 빌어먹을 어른이었는데! 엉덩이를 맞을 만큼 어리지 않았다고요. 반항기 어린 내 행동에 엄마가 상대해주기를 바랐어요. 엄마는 그냥 좀 놀라고 말겠지만요. 엄마가 또 때리려고 할 때 내가 어떻게 행동할지 전혀 예상이 되지 않아 더 무서웠어요.

그래서 아빠한테 전화를 했죠. 부모님은 7년 동안 이혼 때문에 시끄러운 나날을 보냈어요. 이건 나중에 자세히 얘기할게요. 엄마가 우리를 폭력으로 다스릴 동안 물러터진 아빠는 나와 언니, 오빠를 챙기느라 힘든 시간을 보냈죠. 아빠 덕분에 우리는 면죄부를 꽤 많이 받았고요.

아빠는 격주로 주말에 우리를 돌봤어요. 천방지축 애들 셋을 데리고 놀아주느라 진이 다 빠질 때쯤이면 최후의 육아 도우미인 비디오를 보여주었죠. 1980년대와 1990년대 초까지 전자제품은 부잣집에서나 볼 수 있었어요. 우리 집에는 전자제품이 거의 없었지만 운 좋게도 집 근처에 조그만 비디오 대여점이 있어서 주말에 영화 비디오테이프와 비디오 재생기를 빌릴 수 있었고요.

비디오 대여점에 대한 가장 황홀한 기억은 붉은 커튼 너머 가장 안쪽에 있는 음란 비디오 코너예요. 세상에서 가장 흥미로운 비디오들이 그곳에 있었죠.

당연히 아이들은 포르노 코너에 절대 들어갈 수 없었고 난 그 코너를 흘끗흘끗 쳐다보며 어른이 되어야 이해할 수 있는 야릇하고 성적인 무언가를 상상하곤 했어요. 포르노, 섹스, 성인의 몸을 떠올리면서 내가 품은 기이한 질문들에 대한 답을 이 포르노 코너는 알고 있을 거란 확신을 가졌죠. 이를테면 어떻게 반하지도 않은 사람과 섹스를 할 수 있는지, 남자의 성기는 어떻게 생겼는지 같은 질문들에 대해서요.

아, 이야기가 잠시 다른 길로 샜네요. 잠깐만 기다려봐요. 이것만 얘기하고 다시 범죄 현장으로 돌아갈 거니까.

우리는 어느 토요일 밤 비디오 대여점 순례를 하고 있었죠. 형제들끼리 뭘 빌릴지를 두고 다툼이 벌어졌고 오빠는 자기가 고른 〈탑 건〉이 언니와 내가 고른 〈더티 댄싱〉에 백 번 정도 밀렸다며 다른 통로에 있던 아빠한테까지 가서 떼를 썼어요. 난 이 기회를 놓치지 않았죠. 언니한테 눈짓을 보냈고 우리는 일제히 몸을 틀어 붉은 커튼이 펄럭이는 금단의 구역으로 쏜살같이 들어갔어요. 그토록 보고 싶던 포르노 구역에 입성한 거예요.

비디오테이프 케이스가 사방에 꽂혀 있었고 난 거기 그려진 생생한 사진들을 빙 둘러봤어요. 걸리기 전에 얼른 다 봐야 하는데, 비디오테이프가 진짜 많았어요! 어느 하나에 집중할 수가 없었죠! 난 평소와 달리 자제력이 폭발해 어쩔 수 없이 한 곳에 멈춰 서서 뚫어지게 케이스 하나를 보고 있었어요. 그렇게 해서 하나라도 기억에 남길 수 있었죠. 지금까지도 그때

봤던 사진과 제목을 생생하게 기억해요.

머리카락을 한껏 부풀린 채 1980년대 올백 스타일을 한 귀엽고 당돌한 여자가 활짝 웃으며 나를 빤히 쳐다보고 있었어요. 여자는 거의 다 벗은 몸을 뽐내듯 드러내고 있었지만 그 사진의 핵심은 돌돌 접은 양말과 앙증맞은 하얀 스니커즈였어요. 비디오의 제목은 〈신발 신은 나체〉였고요. 내 마음속에는 거대한 폭풍우가 일었죠.

물론 곧 아빠와 점원에게 발각되어 그 벌로 언니와 내가 고른 〈더티 댄싱〉 대신 지루한 〈탑 건〉을 봐야 했지만 난 속으로 흐뭇한 마음을 감출 수 없었어요. 벌거벗은 몸이라니! 그것도 신발 신은!

자, 이제 그럼 비좁은 사무실에서 한 손에 전화기를 들었던 그때로 다시 돌아갈게요.

엄마와 아빠가 서로를 극혐하는 감정은 내게도 고스란히 전해졌어요. 그래서 아빠가 엄마에게 이 사건을 말하지 않을 거란 것도 알 수 있었죠. 죄책감의 늪에서 쉽게 빠져나왔다는 뜻은 아니에요. 한 가지 비밀을 말하자면 아빠는 그때 자식에게 실망한 아빠들이 보이는 반응 중 가장 최악의 반응을 보였거든요. 아빠는 울보였어요. 아빠는 내가 나쁜 짓을 하면 다 자기 탓으로 돌리는 사람이었죠. 여러분이 나쁜 짓을 해서 아빠가 우는 걸 본 적 있나요? 정말 가슴이 찢어진답니다.

하지만 마음이 찢어지는 게 엄마한테 맞는 것보다 나았어요. 그래서 아빠한테 전화를 건 거죠. 역시 아빠는 만사를 제쳐두고 매장으로 와서 나를 구해줬어요.

아빠도 울고 나도 울었어요. 그 여자와 임신부는 울지 않았죠. 난 잘못했다고 빌었어요. 그로부터 몇 주 뒤 메일로 청구서가 날아왔어요. 훔친 물건에 대한 비용, 보안 비용, 벌금 등 어린애가 시시한 귀걸이 몇 개 훔치다 걸렸을 때 청구할 수 있는 비용을 죄다 청구해놓은 거예요. 아빠는 내 절도 행위가 우울증에서 비롯된 행동 장애라며 선처를 구하는 편지를 썼어요. 완전히 틀린 말은 아니었죠. 열세 살짜리의 도벽이 행동 장애가 아니라면 대체 뭐겠어요.

여러분이 아무리 깊은 수렁에 빠져도 기꺼이 여러분을 도와줄 사람은 반드시 있을 거예요. 여러분이 도움을 청하기만 한다면요. 난 존스타운 대학살*에 대한 글을 읽을 때마다 마음이 너무 아팠어요. 900명도 넘는 사람들이 자의든 타의든 사이비 교주의 명령에 따라 독극물을 마셨죠.

그들에게 돌아올 수 없는 강이라는 게 있었을까? 늘 궁금했

---

* 1978년 남미의 가이아나 존스타운에서 벌어진 사이비 종교 인민사원 교도들의 집단 자살 사건. 인민사원은 미국의 사회주의 목사 짐 존스가 창시한 사이비 종교다.

어요. 청산가리를 마시기 전에, 이주해서 마을을 꾸리기 전에, 전 재산을 종교에 바치기 전에 분명 다른 길이 있었을 텐데. 더 이상 출구가 없다고 판단한 순간은 언제였을까? 그중 누군가는 사이비 종교를 탈출해 도움을 요청하면 도와줄 사람이 있을 거라고 생각하지 않았을까? 그리고 그 생각이 우리 가족에 대한 생각으로 이어졌어요. 엄마, 언니와 나 사이에 쌓인 골치 아픈 문제를 떠나 아빠는 그리 대단치 않은 보통의 방법으로 내가 제자리를 찾을 수 있도록 도움을 줬거든요. 가진 건 많지 않았지만 내가 손을 뻗으면 아빠는 언제나 내 등 뒤에 있었어요. 이런 생각이 들자 더 안타까운 마음이 들었어요. 수백 명의 사람들에게도 분명 그들을 도와줄 가족이 있었을 텐데, 어느 순간에 가족에게 전화해도 소용이 없을 거라고 생각한 걸까.

그 절도 사건 이후로도 아빠는 몇 년 동안 내가 벌인 골치 아픈 문제들을 수습하고 다니느라 바빴어요. 마약이나 남자 문제, 엄마와 대판 싸운 일 등. 다행히 모두 별 탈 없이 해결됐지만 난 20대 때도 아빠에게 수시로 전화를 걸어 "신용카드는 어떻게 만들어요?", "이력서는 어떻게 써요?" 같은 걸 물었어요. 아빠는 내가 처음으로 은행 계좌를 개설할 때도, 높은 점수로 운전면허를 딸 때도 만일에 대비해 내 옆을 지키고 있었죠. 그리고 직접 만나든 전화로든 헤어질 때마다 아빠는 내가 얼마나 자랑스러운 딸인지에 대해 매번 내게 얘기해줬어요. 다른 사람에게 떳떳하지 못한 순간에도 아빠는 날 자랑스러워한다는 걸 기억하라고 했죠. 내가 너무 많은 실수를 저지르더라도요.

마지막으로 기쁜 소식 하나. 절도 청구 비용은 면제됐어요! 그리고 지금까지 아빠는 그 일을 엄마에게 비밀로 했답니다. 그런데 내가 엄마한테 말한 것 같기도 하고요. 그랬다면 미안해요, 엄마.

조지아 마지막으로 아빠에게 도움을 청한 게 언제인가요? 이제 아빠한테 도움을 청하기에는 우리가 너무 늦은 거 맞죠?

캐런 5년 전이요. 대출금을 못 갚아서 아빠한테 돈을 빌려야 했죠. 한 번도 이런 적이 없다면서, 경제적으로 좀 힘든 상황인 것처럼 얘기했어요. 하지만 이 방법은 절대 추천하고 싶지 않네요. 상대가 거절하면 문제가 세 배쯤 심각해지거든요. 아빠의 수표에 의지하기엔 난 너무 커버렸고 그게 미봉책에 불과하다는 걸 모를 나이도 아니니까요. 그런 싸구려 반창고는 한 시간 뒤에 엄지손가락만 까딱해도 떨어지잖아요. 무슨 말인지 다들 알죠?

조지아 아빠가 가르쳐주지 않았다면 몰랐을 것들은 뭐가 있을까요?

캐런 음, 재미있는 이야기, 쇠고기 스튜 만드는 법, 수동 기어 자동차 운전하는 법, 클래식 음악 감상하는 법, 기발한 방법으로 다른 사람 욕하는 법, 노래 부르는 법, 팝콘 튀기는 법… 이 정도요.

조지아 사이비 종교 중에 가입하고 싶은 종교가 있나요?

캐런 일루미나티(바이에른 광명회)도 사이비 종교로 치나요? 비밀 조직이라는 점이 좀 끌리네요. 그들이 누구인지, 뭐 하는 사람들인지도 모르지만 떠도는 얘기만 들어봐도 좀 무섭더라고요. 그게 그들의 영향력이겠죠? 위력은 어느 정도 느껴지는데 워낙 베일에 싸여 있어서 모르겠네요. 가입하라고 광고도 안 하고, 쉽게 가입할 수도 없고요. 아마 일반인은 안 받아줄 거예요. 난 이런 종류의 단체에만 눈길이 가더라고요.

조지아 사이비 종교를 창시한다면 규율은 뭘로 하고 싶어요? 나도 가입할래요.

캐런 내 종교 신도들은 밤새 게임을 해야 해요. 스피드 게임, 주사위 게임, 카드 게임, 보드 게임… 전부 다 해야 돼요. 사워크림 양파 소스를 퍼먹으면서 밤새 게임만 하는 거죠. 그리고 그날 게임에서 제일 많이 이긴 사람이 교주를 결정하는 거예요. 아, 신도들은 모두 검은 단발머리를 해야 돼요. 조지아는 그런 의미에서 이미 내 신도인걸요?

4장

내가 막 살아봐서
아는데

알코올 중독자의 최후

파란만장한 과거에 대해 얘기하는 걸 창피해하지 마세요. 수치심을 몰아내면 카타르시스가 찾아올 거예요. 게다가 굴욕적인 과거를 되돌아보면서 자중할 수 있게 되죠. 우리, 찬란한 실패담을 함께 나눠요. 그래야 어리석었던 과거에서 뭔가를 배울 수 있어요. 자신을 너무 고통으로 몰아넣지 마세요. 우리 조금만 덜 미치자고요.

사랑하는 여러분, 이제 앞으로 여러분이 겪을지 모를 여러 경험 중 내가 정말 잘 아는 분야에 대해 말하려고 해요. 난 약 35년에 걸친 대대적인 실전 경험을 통해 이 분야를 철저히 연구해왔죠. 난 오랜 시간 정신 나간 사람처럼 살았어요. 일관성 있게 줄곧 그렇게 살았죠. 재미있는 일화가 많지만 크게 보면 그것들이 내 인생에 도움이 됐다고는 말하지 못하겠네요. 어릴 때는 뭔가 상황이 안 좋아지면 단숨에 발을 뺐어요. 그러고도 불안하거나 심약해져서 계속 혼잣말을 중얼거렸고 밤마다 시끄러운 술집에 가서 칵테일을 마셔대며 나를 합리화했죠. 모르는 사람을 붙잡고 짝사랑을 털어놓으며 목 놓아 울기도 했어요. 그러고 보니 나한테는 성공담이 별로 없네요.

하지만 여러분을 수많은 트라우마로 점철된 막다른 골목으로 몰고 가지는 않을 거예요. 대신 내가 빠졌던 감정의 싱크홀을 여러분은 피할 수 있기를 바라며 '살면서 하지 말아야 할 것들'을 알려주려 해요. 적당히 미치는 건 꽤 괜찮은 경험이에요. 단, 싱크홀이 얼마나 깊은지, 그 싱크홀에서 언제 빠져나와야 할지는 알아두는 게 좋겠죠?

파티 중독

이번 장을 다 읽고 나면 우리가 '파티'라는 말을 얼마나 나쁜 뜻으로 알고 살았는지, 항의하고 싶을지도 몰라요.

먼저 파티에 대해 가장 먼저 알아둬야 할 사실이 있어요. 그래요, 파티가 많은 문제를 해결해주기도 하죠. 그렇지만 바로 그 파티에서 열 배 이상의 문제가 더 생길 거예요. 그래요,

파티는 재미있고 끝내주게 멋져요. 짜릿한 일들도 일어나고요. 하지만 적당히 놀고 빠져나올 줄도 알아야 해요. 오랜 시간 집을 비우면 집 안의 식물들이 슬퍼 죽을지도 몰라요. 음, 비약이 심했나요?

파티를 즐긴다고 모두 인기인이 되는 건 아니라고 말하려 했는데, 이런 조언은 1980년대생한테나 먹히는 거더라고요. 요즘 애들은 이미 충분히 인기가 많아요. '인싸'들 말이에요.

게다가 요즘 애들이 궁금해할 만한 정보는 유튜브 같은 데에서 다 얻을 수 있어요. 요즘 애들은 합성 마약 제조법까지 다 알고 있다고요. 그걸로 사업이나 안 하면 다행이지. 참 대단한 10대들이네요.

이번 장은 제대로 된 가정의 보살핌을 받지 못한, 보호자의 보호와 관심과 사랑을 받지 못한, 그래서 혼자 방치되어 제대로 된 문제 해결법을 누군가에게 배우지 못한 사람들을 위한 장이에요. 그런 사람들은 어느 순간 자기가 아무것도 제대로 하지 못하는 어른으로 자랐다는 걸 깨닫게 되죠. 그래서 많이 실패하고, 방황하고, 또 그 실패와 수치심에서 벗어나기 위해 발버둥 치면서 거기에 도움이 되는 모든 수단에 의지하고 마는 악순환에 갇히게 되죠. 그 악순환이 오래 반복되면 새로운 시도는 하지 못하고 패배감과 현실 도피에 찌든 인간이 되는 거고요. 그리고 바로 그 순간에 모든 걸 그만두고 요가 중독에 빠지는 거죠. 좋아요. 그러니까 이 장은 바로 나 같은 사람들에게 바치는 이야기예요. 다들 나같이 살지 말라는 의미에서 말이에요.

최악으로 퍼마시기

따끈한 물이 담긴 커다란 욕조에서 유쾌한 친구들과 노곤하게 노는 느낌. 맞아요. 술에 취하면 그런 기분이 들죠. 맥주 네 잔 정도면 공중에 붕 뜬 기분으로 춤을 추면서 "당신에게 빠져버렸어요" 같은 말을 아무렇지 않게 내뱉을 수 있죠. 주변에서도 다들 그렇게 노는 것 같고요. 회사 크리스마스 파티에서 나를 극혐하던 디자이너 사진을 몰래 찍다가 갑자기 그가 나를 엄청 사랑하고 있다는 걸 깨닫는 거예요. 작은 사무실이 사춘기 소년 소녀의 감정으로 가득 차겠죠. 따뜻하고, 붕 뜬 것 같고, 나른하고. 어느 하나 사랑 아닌 게 없는 거예요.

파티의 가장 큰 재미는 이렇게 정신을 놓고 노는 거지만 나이가 들면 알게 될 거예요. 파티장의 다른 사람들은 그런 사람을 별로 안 좋아해요. 아니라고 우기지 마요. 칵테일을 일곱 잔이나 마셔서 당신이 깨닫지 못하는 것뿐이니까. 누군가는 술 취한 당신에게 이런 말을 할지도 모르죠. "이봐, 재수 없는 일이 있으면 그냥 내 싸구려 차에다 토나 한번 하고 가라고."

내가 방금 욕조 얘기 했죠? 그 욕조 안에다 똥을 싸면 따뜻한 물은 금방 차갑게 식고 친구들은 당연히 다들 떠날 거예요. 괴롭고 굴욕적이겠죠? 욕조를 변기로 만들 바에는 당신을 아끼는 착한 친구들한테 욕을 퍼붓는 게 차라리 나을지 몰라요.

언젠가 한 친구에게 우리 다시는 보지 말자고 한 적이 있어요. 아닌가? 그 반대였나? 아무튼, 그 친구는 술만 먹으면 다 필요 없다고 하는 부류였거든요. 나는 그 반대죠. 술을 마시면 모르는 사람도 막 집에 들어오라고 할 정도로 대담해지거든요. 친구들과 즐거운 시간을 보내는 게 음주의 목적이 되어야 하는데, 술에 취해 어느 시점이 되면 정신을 놓고 화분에 비밀 얘기를 털어놓는 사람이 돼버리죠. 그런 나를 보면서 다른 사람들은 다들 집에 가고 싶어 하고요. 다른 사람의 기분도 살필 줄 아는 사람이 되자고요. 평생 엄마 배 속에서 살 게 아니라면 내가 다른 사람의 즐거운 시간을 망치고 있는 건 아닌지도 신경을 써야 해요. 열 명이 같이 노는 욕조 안에 똥은 싸지 말아야죠.

술을 아예 마시지 말라는 얘기는 아니에요. 그건 각자의 판단에 맡길게요. 그런데 이건 알아두세요. 금주에 성공한 사람들은 다들 "5년만 더 일찍 술을 끊었더라면 좋았겠다"라고 말해요. 하지만 그들도 음주의 즐거움을 놓치고 싶지 않았겠죠. 그런데 재미를 위해 정신을 놓지는 말라는 거죠. 정신을 잃은 채로 즐거움을 만끽할 수는 없어요. 이것만 기억해두자고요.

남들이 짐짝 취급할 정도로 많이 마시지는 말자.

식당이 떠나가라 큰 소리로 떠들어서 다른 테이블 사람들이 욕을 할 정도로 마시지는 말자.

정신을 잃을 정도로 마시지는 말자. 무슨 일이 일어나고 있는지 상황을 파악할 수 있을 정도까지는 제정신을 남겨 두자. 약간의 연습이 필요하지만 이러는 게 훨씬 낫다. 선택의 여지가 없는 최악의 상황이라면 도움을 요청하자.

그렇지만 친구들이 계속해서 도움을 줄 거라고 기대하지는 말자.

혹시 최악으로 취한 후라면, 예외로 넘어가고 다시 건강을 챙기자.

후회하기

지금 와서 후회되는 게 있다면 몇 년간 불안 장애를 방치해 뇌 손상이라는 결과를 자처한 것보다도 '진정한 인간관계'를 통해 얻을 수 있는 친밀감이 술에 취하는 것보다 훨씬 좋은 일이라는 걸 깨달을 수 있도록 타인과 깊은 관계를 맺지 못했다는 거예요. 주정뱅이가 다들 그렇듯 나 역시 타인과는 나쁜 경험만 나누었기 때문에 수치심이라는 커다란 그림자에서 빠져나오지 못했던 거죠. 진흙탕에 빠진 것 같았어요. 술 좀 그만 마시고 진지하게 대화를 해보자고 다가오는 사람들에게도 흙탕물을 튀겼고요. 그 사람들의 바짓가랑이를 많이도 잡고 늘어졌네요.

스물일곱에 술을 끊고 나서 깨달았죠. 오래 사귄 남자친구가 둘 있었는데 내가 술에 취하면 그들이 얼마나 난처할지 생각하지 못했어요. 술이 깬 후에는 내가 너무 싫어졌고요.

맨정신으로 지내는 첫 몇 달은 최근의 '파티' 기억이 물밀듯이 밀려와 너무 힘들었어요. 욕 나오게 민망한 기억이 끝없이 재생되는 필름처럼 무섭게 머릿속을 맴돌았죠. 처음에는 와인을 마시며 떠드는 옆 테이블의 대화를 맨정신으로 듣는 게 곤혹스러웠어요. 잠자코 대화를 엿들으면서도 질펀하게 욕을 해댔죠. 이봐, 자기들! 그건 좀 쪽팔린 얘기 같은데! 그냥 한판 붙어! 어서! 싸우라고! 싸워!

난 12년 동안 술독에 빠져 살았어요. 어릴 때 12년을요. 그 12년 동안 테니스나 소설 쓰는 법을 배우거나 이것저것을 경험하지 못했어요. 대신 열다섯 살의 정신 상태 그대로 유리병에 담겨 완전히 밀봉되기를 선택했죠. 포르말린 대신 술에 푹 절은 난 선반 꼭대기로 올려졌고 사다리는 저 멀리 치워졌어요. 아, 그리고 유리병 앞쪽에 스티커가 붙었죠. "안을 절대 들여다보지 말 것."

물론 여러분도 술에 취해 몽롱하게 사는 삶을 선택할 수 있죠. 많이들 그렇게 살고요. 하지만 숨을 쉬려고 수면 위로 나올 때에야 비로소 물속 세상이 거짓이며 숨 막히는 망상이었다는 걸 알게 될 거예요.

술을 달고 살던 사람들은 맨정신을 두려워해요. 그런 사람들은 관계에 서툴고 상처받는 걸 두려워하는 〈시계태엽 오렌지〉* 같은 자신을 보게 될 거예요. 솔직하게 자신을 드러낼 줄 모르고 세상에는 더러운 부조리가 판친다며 고함치는 것도 잘 못해요. 내 말을 다 이해했다면 여러분이 팔짱 끼고 세상에 등 돌리고 있어도 용기 있는 자가 나타나 손을 내밀어줄 거란 꿈은 깨는 게 좋아요. 가식적인 삶을 벗어던지고 자신의 인생을 꾸리세요. 그게 세상의 기본 이치예요. 내가 먹을 건 내가 챙기자고요. 빈손으로 식탁에 등장해서 누가 떠먹여주기만을 기다리지 말고요.

---

* 폭력적인 인간을 강제로 교화시키는 미래 사회를 그린 소설 원작의 영화로, '시계태엽 오렌지'는 기계처럼 교화되어 태엽을 감아야만 움직이는 로봇화된 인간을 뜻한다.

유리병을 빠져나오는 방법

유리병은 너무 싫어요. 이 유리병에 들어가 있는 사람이 있다면 하루빨리 빠져나올 방법을 궁리해야 해요. 가식 떨지 말자고요. 알코올 중독 치료 모임에서 들은 격언이 하나 떠오르네요. '자존감은 존중할 만한 행동에서 비롯된다.'

고등학생 때는 왜 아무도 이런 말을 해주지 않았을까요? '기분이 좋아지고 싶다면 타인을 위해 뭔가 좋은 일을 해보라.' 뻔한 이야기지만 묘하게 심오한 진리죠. 내 열다섯 살 자아는 이 말을 믿지 않았어요. 남이 잘되는 게 배 아팠거든요.

'우리 함께 노래 부르자!'의 경지에 이르러서야 좋은 것도, 나쁜 것도 다 그 사람 몫이라는 걸 알게 됐어요. 삶의 의미를 잃고 도대체 뭘 해야 할지 모를 때는 치료를 받아야 해요. 여기저기 둘러보고 내 얘기를 경청해줄 것 같은 괜찮은 치료사를 고르세요. 그리고 그들에게 허튼소리까지 전부 다 털어놓으세요. 전부 다요. 그리고 여러분이 해야 할 일에 대해 치료사가 조언한다면 제발 잘 들으세요. 그 조언대로 실천해보고요. 정말 간단하죠? 하지만 많은 사람들이 이조차도 어려워하죠. 우리는 삶이 힘겹다는 걸 당연시해요. 반평생을 최악의 행동만 하고 살았다면 더 그렇죠.

하지만 그건 사실과 달라요. 그건 여러분과 내가 나쁜 행동을 할 때 죄책감을 덜어내려고 만들어낸 대응기제일 뿐이에요. 기분 나쁜 짓은 당장 그만두세요. 처음에는 낯설어서 힘들 거예요. 하지만 그런 게 바로 '변화'라는 거예요. 처음에는 좀 어색하겠죠. 이제 진짜 '따뜻한 욕조'에 들어가는 거예요. 여러분은 생각하겠죠. '따끈한 욕조는 진짜 좋았어. 똥이 둥둥 떠다니지도 않았다고.' 그러면 상대는 이렇게 말할 거예요. "유감이네요. 다시 그때로 돌아가보죠. 주기적으로 똥을 싼 건 바로 당신이라고요." 그러면 여러분은 이렇게 대꾸하겠죠. "아, 네. 맞아요. 내가 그랬어요. 그때 표백제 냄새가 났던 것 같기도 하고, 모두가 썩은 표정으로 날 쳐다봤던 거 같아요. 조언 고마워요. 그게 필요했어요."

그러면 '판타지 속 온수 욕조'는 사라지고 치료가 잘만 된다면 '현실 속 온수 욕조'가 등장할 거예요. 그게 우리의 궁극적 목표예요. 둘의 차이가 있다면 현실판 온수 욕조는 내가 혼자 힘으로 직접 만들어야 한다는 거예요. 물론 한동안은 그 욕조에 들어갈 수 없겠죠. 그리고 그 욕조를 망치지 않도록 욕조 전문가, 그러니까 치료사에게 계속해서 자문을 구해야 해요. 그렇게 몇 년을 열심히 일하고, 열심히 울고 웃다 보면 어느새 자기긍정이라는 따뜻한 욕조 위에 붕 떠 있는 듯한 자신을 발견할 거예요. 기분도 좋아지겠죠.

자기 관리 초보자를 위한 아홉 가지 제안

- 1만 원 선에서 좋아하는 셔츠를 살 것. 그 정도는 누릴 자격이 있다!
- 자랑거리 리스트를 만들고 지속적으로 갱신할 것.
- 부끄러운 짓을 했다면 그 즉시 사과할 것. 어렵겠지만.
- 반응하지 않는 연습을 할 것. 인생은 시트콤이 아니니까. 모든 일에 의견을 낼 필요는 없다. 어차피 다 알 수도 없고 전부 신경 쓸 수도 없다.
- 친척 어른에게 전화를 한 통 드릴 것. 친척 어른들은 대개 우리를 사랑하고 우리와 대화하고 싶어 한다. 그들에게 보고 싶다고 얘기해보자. 그들을 통해 내 어린 시절 얘기를 들어보자. 타인의 이야기에도 귀를 기울여보자.
- 처음으로 요가 수업을 들으러 갔다면 자신이 초보자라는 사실을 명심할 것. 좋은 기운만 받을 것. 남과 비교해 나를 깎아내리는 짓은 하지 말 것. 요가에 취미를 붙이는 것만으로도 대성공이다.
- 무료 급식소, 노숙자 쉼터, 방과 후 독서 프로그램에 참여해 봉사해볼 것. 도움이 필요한 사람들에게 손을 내밀 것. 기분이 좋아지고 시야가 넓어질 것이다.
- 고양이나 개를 입양해볼 것. 여러분은 충분히 그럴 형편

이 된다. 동물은 좋은 친구가 되어준다. 좋은 친구가 되는 법도 배울 수 있다.

· 악기 연주를 배워볼 것. 혼자 있을 때 악기를 연주하면 기분이 한결 좋아진다. 음악에 취미가 없다면 그림 그리는 걸 배워도 좋다. 책을 써보는 건 어떨까? 뭔가를 만들어 세상에 내놓아보자. 내면을 단단하게 만드는 좋은 방법이다.

심리치료로 얻은 것들

"조지아, 당신은 의심을 숭배하는군요."

내 치료사인 김은 전직 발레리나로 40대 중반임에도 유연하고 사랑스러워요. 수수한 아름다움이 돋보이는 그녀는 언젠가 내게 이런 말을 했고 이 말을 듣는 순간 우중충하고 질퍽했던 내 뇌에 신경회로가 새로 뚫리는 기분이 들었죠. 나 같은 치료광들은 이런 경험을 기대하며 치료를 받으러 가기도 해요. 치료사에게 이런 말을 들으면 나에 대해 알아야 할 게 아직 많다는 걸 깨닫게 되거든요. 이런 폭탄 발언은 제대로 전달되기만 한다면, 행복하고 건강해지는 데 분명 도움이 돼요.

난 여섯 살 때부터 심리치료를 받으러 다녔는데, 그러는 사이에 30여 년어치 신경회로가 드러났죠. 내가 기억하는 한 심리치료는 내 얼굴에 가득한 여드름이나 턱에 삐쭉 솟은 까만 털 한 올처럼 내 삶의 일부였어요. 치료사를 찾지 않을 때야말로 내겐 붉은 깃발 신호였죠. 마음속의 뭔가를 피하고 있다는 뜻이니까요. 치료를 통해 성찰하면서 나도 몰랐던 내 자신을 발견할 때마다 어이없지만 기뻤어요. 치료를 받은 지 몇십 년이 흘렀는데도 내가 왜 그런 식으로 행동했는지, 상대의 행동에 왜 그런 감정을 느꼈는지에 대해 지금도 커다란 깨달음을 얻곤 해요. 치료를 받으며 "맙소사, 그런 거였어!" 하는 순간을 마주할 때마다 정말 짜릿해요.

이제 그 짜릿했던 순간들을 소개해볼게요. 지금까지 치료를 받으면서 소중히 모아온 열 가지 교훈들이에요.

10. 돈이 들더라도 누군가에게 감정을 표출할 것

아빠가 영영 집을 나간 날을 생생하게 기억해요. 옷가지와 액자 몇 개만 챙겨 나갔죠. 가구도 대부분 외가에서 가져온 것이고 인테리어도 주부가 꿈이던 엄마가 몇 년 동안 꾸민 것이었어요. 주부라는 엄마의 꿈은 날아갔지만 가족이 해체되었다는 사실 외에는 변한 게 거의 없었어요.

아빠가 떠나던 날의 아픔을 잊을 수 없어요. 나는 제발 집에 있어달라고 아빠에게 매달렸죠. 그러고는 부모님 침실이었던 방에서 아빠 베개를 낚아채 온몸으로 끌어안고 아빠의 운동 기구에 드러누웠어요. 아빠는 나중에 그 운동 기구를 가지러 집에 다시 들러야 했죠. 난 베개를 끌어안고 거친 숨을 내쉬며 울면서도 아빠의 로션 냄새를 맡았어요. 그런데 엄마가 날 잡더니 정신이 번쩍 드는 말을 하는 거예요. "그 사람 이제 네 아빠 아니야."

그날 밤 아빠는 나와 언니, 오빠에게 전화를 걸어 "아빠는 잘 있다"라고 했어요. 수화기 너머로 아빠 혼자 서 있는 거대한 세상이 느껴지는 듯했어요. 아빠가 우리 집이 아닌 다른 어디에 있을지 전혀 가늠할 수 없었지만 어두컴컴한 밤의 골짜기, 위험이 도사린 그런 곳으로 숨어버렸다는 건 알 수 있었죠. 아빠는 우리와 함께 집에 있어야 하는데 말이에요. 엄마가 저녁을 차릴 동안 아빠는 물기 묻은 맥주 한 캔을 마시며 텔레비전을 보고, 우리 가족은 식탁에 옹기종기 둘러앉아 식사를 하면서 그날 있었던 일들을 이야기하고… 그래야 했어요. 그러고 나서 온 가족이 함께 보드 게임을 하거나 텔레비전을 보고요. 금요일 밤, 안식일에는 촛불을 켜놓고 아빠의 부드러운 주도로 '기쁨의 한 주, 평온의 한 주'를 말하며 감사 기도를 드렸어요. 무슨 말인지 잘 몰랐지만 기도문의 힘은 뼛속 깊이 느낄 수 있었죠.

하지만 지난 해 동안 가족이 함께하는 저녁 식사 횟수는 줄어들고 맥주 캔은 더 자주 등장했죠. 보드 게임과 기도로 채워지던 저녁 시간이 팽팽한 긴장으로 가득 찼고요. 이해할 수는 없지만 뼛속 깊이 와닿는 말들이 오고갔어요.

아빠에게 인사를 하고 전화를 끊는데 집이 텅 빈 것처럼 낯설게 느껴졌어요. 잠자리에 드는 순간까지도 가슴이 미어졌죠. 솔직히 말하면 다시는 일어설 수 없을 것 같았어요. 이혼, 아빠, 빌어먹을 것들.

아빠가 집을 나가고 골치 아픈 이혼 절차가 시작되면서 난 계단 아래 아늑한 벽장으로 숨었어요.

머리 위의 전구가 뿜어내는 어둑한 불빛은 내 마음을 진정시켰고 보드 게임과 이불 더미가 놓인 먼지 쌓인 선반에 진한 그림자를 드리웠어요. 마치 나를 둘러싼 세상 같았죠. 양육권 소송과 형제간 다툼은 없었지만 로알드 달의 동화『제임스와 거대한 복숭아』는 이제 판타지가 아니라 현실이 됐죠.

바닥에는 델마 할머니가 손수 짠 폭신한 담요를 깔았어요. 1970년대에 유행하던 갈색, 노르스름한 주황색, 고동색이 촌스럽게 어우러진 담요였죠. 하지만 제임스, 거대한 복숭아, 내 믿음직한 고양이 위스커스와 함께 나는 평온한 시간을 보냈어요. 벽장 속 물건들은 내게 '처절하게 외로운' 시간을 선물했죠.

위스커스는 버려진 아기 고양이였는데 금방 내 절친이자 비밀 친구가 되었죠. 돌이켜보면 엄마는 내가 고양이를 기르게 내버려두는 것으로 알레르기가 심한 아빠에게 "꺼져"라고 말한 셈이었어요. 하지만 난 너무 어려서 엄마의 마음을 이해하지 못했죠. 20년을 살다 간 위스커스는 완벽한 고양이였어요. 갸르릉거리며 내 품에 파고들었고 때로는 도도하게, 때로는 애정을 갈구하는 눈빛으로 날 쳐다봤죠. 새침데기 같은 모습이 재미있고 우스꽝스러웠어요.

어쨌든 난 그렇게 벽장 속에 틀어박혀서 몇 시간 동안 계속 울었던 것 같아요. 이건 엄마에게도 위험 신호였죠. 집은 쑥대밭이 됐고 엄마는 충격받은 애들 셋을 데리고 혼자서 워킹맘으로 어떻게 살아야 할지 머리가 복잡했을 거예요. 그런데 나까지 이러고 있었으니까요. 결국 엄마는 아동심리센터에 진료예약을 했죠.

심리치료사에게 진료를 받으려면 안락한 가죽 의자에 앉아 나에 대한 얘기를 해야 하고 그러면 치료사는 내 행동의 이유를 말해주고 내 꿈을 분석하고… 이런 식이죠. 미래의 내가 아니라 현재의 나를 알기 위해 치료사를 찾아가는 일이라니, 흥미진진했어요. 그런 건 어른들만 하는 일인 줄 알았는데 말이에요. 가족 중 제일 어린 막내라면 내 말을 이해할 거예요. 한 시간 동안 끊임없이 다른 사람과 내 얘기를 할 수 있다니, 상상도 못 할 호사였어요.

그렇게 에르마를 만났어요. 부드러운 목소리에 침착하고 겸손하며 유치원 교사 같은 모습이 좋아 보였죠. 품이 낙낙한 옷을 매끄럽고 우아하게 벗는 모습에 내 마음이 한결 편안해졌어요. 말투에서 약간의 남부 억양이 느껴졌고요. 마음을 진정시키는 목소리와 지적이고 깊은 눈은 위스커스에게만 이야기한 비밀을 털어놓고 싶게 만들었죠.

치료실은 상상과 많이 달랐어요. 한쪽 벽은 일류 대학 졸업장 대신 아이들이 그린 그림, 바구니에 담긴 아기 고양이 포스터로 꾸며져 있었는데 좀 유치해 보였어요. 두꺼운 책 대신 알록달록한 그림책과 퍼즐, 단순한 게임들이 있었고요. 뭔가 더 어른스럽고, 심오한 분위기일 줄 알았는데 말이에요.

하지만 정확히 기억나는 건 그날 그림을 그리거나 책을 읽거나 퍼즐을 하지는 않았다는 거예요. 어린이용 작은 소파에 앉아 울었던 기억이 나요. 꼭 그래야 하는 건 아니었지만 집에서는 어쩔 수 없이 울었거든요. 엄마는 나 때문에 속상해서 소리를 지르고, 그러면 난 그런 엄마 때문에 속상해서 울었어요.

하지만 그렇게 울 때면 꼭 싸움에서 진 기분이 들었죠. 심지어 형제들은 내가 코앞에서 울어도 아무런 위로도 해주지 않았고요. 그저 이런 이유로 또 형제들끼리 못살게 굴었죠.

그래서 눈물을 보이고 슬픔을 드러내도 나를 위로해주고 딱 부러진 긍정의 말로 잠시나마 고통을 덜어주는 한 사람이 있다는 게 큰 위안이 됐어요.

9. 제대로 된 치료사를 찾을 것

좀 시간이 흐른 뒤에는 에르마와 같이 퍼즐도 하고 그림을 그리기도 했어요. 마음을 열고 속마음을 터놓는 치료법에 대해 이해가 부족했던 난 왜 우리 치료법은 평범한 '어른들'의 치료법과 다른지 물었어요. 심지어 '진짜' 치료를 하고 있는 건지도 물었죠. "텔레비전에 나오는 심리치료 말이에요. 환자가 침대에 누우면 치료사가 질문을 던지고, 환자의 마음을 분석하고 꿈을 해석하는 그런 거요."

여러분, 그때 난 조숙했어요. 그래서 한번은 에르마가 아동치료실 바로 옆 성인 치료실에서 치료를 받게 해줬죠. 명문대 졸업장과 두꺼운 책이 가득했고 아기 고양이 포스터는 하나도 없었어요.

진짜 뻥이 아니라, 치료를 받을 당시의 녹음테이프를 들을 수만 있다면, 혹은 시간여행을 해서 치료받던 어린 내 모습을 볼 수만 있다면 내 남은 삶의 5년 정도를 쓸 수도 있을 것 같아요.

에르마는 내 생애 최초이자 최고의 치료사였어요. 위스커스가 내게 최고의 고양이를 판단하는 기준이 되어준 것처럼 에르마 역시 이후에 만난 치료사들이 좋은 치료사인지를 가늠하게 해주는 기준이 되었죠. 에르마에게 치료를 받은 이후로도 나는 30년 동안 성인 치료실에서 수십 명의 치료사를 마주했어요. 몇 분, 혹은 몇 초만 앉아서 얘기해보면 이 사람에게 치료를 계속 받아도 될지를 판단할 수 있었죠. 우리 모두 특별한 치료사를 찾아 헤매는데, 내 경우에는 치료사의 눈빛에 동정심과 내공, 온기가 있는지가 판단의 기준이 되었어요. 지금까지 훌륭한 치료사들을 몇 만났고요. 물론 몇 번 치료를 받다가 끝난 경우도 있고 50분 동안 멀뚱하게 앉아 있기만 했던, 좀 별로인 경우도 있었죠. 입 다물고 있기에 50분은 정말 긴 시간이더라고요. 시간당 치료비를 청구하는 경우에는 더 그렇고요.

핵심은 자신과 결이 맞는 치료사를 찾는 거죠. 그런 치료사를 찾기까지 시행착오를 좀 겪더라도 너무 낙담하지 마세요. 만나는 사람과 모두 절친이 될 수 없듯이 만나는 치료사가 다 마음에 들 수는 없어요. 하지만 그러다 마음이 통하는 치료사를 만나면 커피 한 잔 놓고 밤새 떠들 수 있는 친구를 만난 것처럼 엄청 신날 거예요.

8. 진단을 두려워하지 말 것

사람들은 불안 장애나 조울증을 진단받거나 그 비슷한 얘기라도 들으면 무슨 큰일이라도 난 것처럼 흥분해요. 아니 그런데, 내 얘기 한번 들어보세요. 우선, 보험회사들은 대부분 보험 처리를 하기 전에 진단서를 요구하거든요. 그러면 치료사는 증상을 일반화하고 그나마 가장 가까운 구역으로 내 병을 밀어 넣죠. 그리고 난 뭐가 문제인지를 알아내면 그 문제의 반은 해결한 거라고 생각하는 사람이에요. 암을 초기에 발견해서 치료하는 것처럼 뇌 문제도 빨리 발견할수록 더 적절한 치료법을 찾을 수 있어요. 치료 불가능한 상태가 될 때까지 손을 놓고 있는 것보다는 훨씬 낫죠.

ADHD, 건강염려증, 우울증 같은 질환들을 제대로 치료받지 않으면 인생이 엉망이 되고 타인에게나 자신에게나 존재 자체로 짐이 돼요. 하지만! 이 질환들은 치료만 잘 받으면 엄청나게 빨리 호전되죠. 그러니 여러분 선택에 달렸어요. 내 어디가 고장이 났는지를 빨리 알아내서 삶을 개선해 가치 있는 인생을 살아가든지, 아니면 항상 입에서 돌이 씹히는 게 얼마나 짜증 나는 일인지를 평생 모두에게 불평하면서 살든지. 어떡할래요?

7. 진단을 핑계 삼지 말 것

솔직히 말하자면 난 가끔 '우울'에 대해 편안함을 느꼈어요. 우울증은 나에게 마치 오래 입어 편안한 옷 같았죠. 다들 알겠지만 오래 입어 익숙한 옷에서는 나프탈렌 향이 섞인 고약한 냄새가 나지만, 한편으론 몸에 착 붙고 인생의 동고동락을 함께한 애착이 느껴지면서 내 마음을 위로해주는 것 같죠. 내가 절망에 빠져 책임을 회피할 변명거리만 찾고 있을 때 난 속으로 내가 지금 얼마나 우울한지를 끝없이 되뇌었어요. 실제로는 우울한 상태가 아닌데도 스트레스를 받거나 지치거나 쿠키를 먹으면서 하루 종일 텔레비전만 보고 싶을 때는 그렇게 익숙한 옷을 덮어쓴 상태에서 벗어나질 못했던 거예요.

이해가 되나요? 그러다 나는 우울증이나 불안 장애 등을 '앓는' 사람이라는 꼬리표를 떼고 우울증이나 불안 장애 등을 '자양분 삼아 성장하는' 사람이 되자고 생각을 고쳐먹었어요. 또 어떤 질환을 진단받았을 때 그걸 핑계로 동굴에 들어가거나 두터운 망토에 몸을 숨기지 않았죠. 이제는 갑옷을 벗어 던

지자고요. 그리고 좀 더 생산성 높은 다른 도구를 찾아보자고
요. 알겠죠?

6. 동기를 기다리지 말 것

이건 내 멘토의 조언이에요. 난 멘토라는 말을 그다지 좋아
하지 않죠. 내가 보기에 멘토는 실질적 치료법을 제시하고 현
실적 문제를 직시하는 능력이 그다지 없는 사람을 일컫는 말
같았거든요.

그런데 한번은 아무것도 할 수 없을 정도로 너무 우울하고
무력해서, 나보다 훨씬 잘나가는 친구에게 하소연을 했어요.
난 추진력이 있고 성실하지만 기본적으로는 게으른 사람이에
요. 게으름이 제 기본 설정값이죠. 낮잠 오래 자기 대회 같은
게 있다면 1등은 따놓은 당상이라고요. 난 루브르박물관 같은
낯선 곳에서도 한숨 푹 잘 수 있어요. 쌀쌀한 날씨, 낮술을 너
무 사랑하고 멍 때리는 데는 일가견이 있죠. 그리고 아직도 이
런 것들에서 졸업하지 못했네요. 게으른 기질을 버리려고 무
지 애쓰면서 해야 할 일 목록을 다양하게 만들어놓고는 있어
요. 안 그러면 온갖 핑계를 대가며 해야 할 일을 미루고 낮잠
이나 잘 테니까요.

아무튼 그래서 그 친구, 남들이 보기에 에너지가 넘치고 결

과물도 훌륭하며 자기 할 일을 알아서 잘하는 그 친구가 내게 비밀 무기를 전수해줬죠. 자신과 1년 동안 함께한 멘토를 소개해준 거예요. 당시 자기 관리에 푹 빠져 있던 나는 그 멘토의 전화번호를 바로 저장하고 그날 오후에 전화를 걸어 약속을 잡았어요.

첫 상담에서 나는 그 멘토에게 끝없이 한탄을 했어요. 지금 삶에서 그 어떤 동기도 얻지 못하고 있다고. 그래서 운동을 하러 가거나, 글을 쓰거나, 잠옷을 벗고 밖으로 나가는 것 그 어떤 일도 할 수가 없다고. 그러니까 말하자면 진부한 변명을 늘어놓은 거죠.

"난 지금 내가 진정으로 원하는, 그리고 해야만 하는 모든 일들을 할 수 있도록 도와줄 동기가 나를 찾아와 이 우울과 권태를 멈춰주기를 기다리고 있는 거예요."

이런 내 말에 그 멘토는 내 뺨을 한 대 후려치려는 듯한 반응을 보였어요. 그리고 한 번도 생각하지 못했던 진리를 말해주었죠. "동기 같은 건 필요 없어요. 그 일들을 그냥 해요."

아하! 그래서 난 꾸물거리는 몸을 이끌고 스피닝 수업에 가서 '그냥' 동작을 따라 했어요. 모든 동작이 마음에 안 들었지만 '그냥 했죠'. 사실 지금도 매니큐어나 칠하면서 오디오북이나 듣고 싶은데 마감이란 게 있으니까요. 그래서 지금 치료에서 얻은 가장 큰 깨달음 열 가지를 자신 있게 쓰고 있는 거고요. 동기는 없지만 글은 써지네요! 노트북 화면에 내 글이 나오고 있고요!

핵심은 이거예요. 모든 여건이 완벽하게 준비되기를 기다리지 말자. 그냥 무대로 나오세요. 일단 무대로 나가면 최선을 다하는 게 낫다고 생각하게 될 거예요.

5. 과거의 나를 쓰다듬어줄 것

인스타그램에서 멋진 스타일을 뽐내는 유명한 여자들이 가끔 #tbt(throwing back to; 추억, 회상) 같은 해시태그를 달아 뚱뚱했던 자신의 과거 사진을 올리면서 스스로를 조롱하는 걸 보고 너무 속상했어요. 사진 속 어린 여자애는 천진난만하게 웃고 있었죠. 그리고 그 아이의 눈빛에서 자존감이 바닥을 치던 어린 시절의 나를 발견했어요. 친구들에게 놀림받던 작은 여자아이는 커서 멋진 여자가 되었는데, 과거 친구들처럼 여전히 자신을 조롱하고 있는 거예요. 좋아 보이지 않았죠.

그런데 방식만 다를 뿐 나도 나 자신에게 그런 짓을 하고 있다는 걸 깨달았어요. 어린 시절의 나도 나 자신에게 못되게 굴곤 했죠. 선글라스를 잃어버리거나, 뭔가 간단한 일을 기억해내지 못하거나, 그런 작은 실수를 할 때마다 나를 '바보 천치 멍청이'로 몰아붙이곤 했거든요. 내 심리치료사는 외부에서 받은 타인의 재촉과 짜증을 그대로 자신에게 내면화한 것뿐이라면서, 그 악순환을 반복하지 말라고 했어요.

그러면서 치료사는 그런 외부의 태도를 학습하던 다섯 살의 어린 조지아를 떠올려보라고 했죠. '바보 천치 멍청이'라고 몰아붙인 건 실수였다고 스스로에게 말해보라고 했어요. 눈물이 나더라고요. 다섯 살 조지아는 그런 대접을 받아서는 안 됐어요. 다섯 살 조지아는 이해하고 기다려줘야 하는 대상이에요. 이해와 인내가 결여된 태도는 반드시 상처를 남겨요. 나는 나를 몰아붙이면서 존중받을 자격이 없는 아이라고 스스로를 망치고 있었던 거예요. 그런데 그 악순환의 고리를 끊을 사람도 다름 아닌 나 자신이죠. 그래서 나는 스스로에게 못되게 굴었던 어린 시절의 나를 떠올려 어릴 적의 나를 조금 더 다정하게 대해줬어요. 그 이후로는 나 자신에게 좀 더 관대해질 수 있었죠.

그러고는 자신의 못난 과거 사진을 올리며 스스로를 조롱했던 여자의 인스타그램에 댓글을 남겼어요. 어린 시절의 자신에게 너무 가혹한 것 같다고, 그래서 슬프다고요. 그 이후로 그 여자는 그런 게시물을 더 이상 올리지 않았죠. 어린 시절의 그녀도, 지금의 그녀도 그런 대접을 받아서는 안 돼요.

4. 숭배하는 것들을 경계할 것

내 심리치료사인 김은 인지행동치료 전문가인데, 다정하고 상냥하지만 냉철하죠. 상담 시간에 우리는 보통 토론을 해요. 그러니까 그녀는 내가 요구하지 않는 한 자신의 의견을 명확히 밝히지 않아요. 그저 지금 내게 무슨 일이 일어나고 있는지 내가 이해할 수 있도록 대화를 이끌어나갈 뿐이죠. 그래서 최근의 상담이 더 충격적으로 다가왔어요. 대답을 신중하게 고민하는 나를 빤히 응시하던 그녀가 이렇게 말했거든요. "조지아, 당신은 의심을 숭배하는군요."

트럭에 치인 기분이었어요. 그 짧은 문장에 나에 대한 엄청난 진실이 내포돼 있었죠. 난 정말 허무주의자처럼 무의식적으로 아무것도 믿지 못하는 사람이었거든요. 믿음이나 낙관주의보다 의심이 훨씬 안전하다고 생각했죠.

멍청한 사람들이나 낙관적일 수 있고, 긍정적인 마음은 치어리더나 청소년에게나 어울린다고요. 난 비관적이고 냉소적이었고, 누구에게도 호락호락 당하지 않는 사람이었어요. 그런데 그게 그저 방어기제였던 거예요. 이 사실을 알고, 난 충격에 빠졌죠. 다행히 기분 좋은 충격이었어요.

사람들은 모두 각자의 신념이나 가치관을 가지고 있죠. 그리고 그런 믿음들이 우리가 두려워하는 것들로부터 우리를 지켜주고요. 사랑이나 돈, 행복 같은 것 말이에요. 그런 가치관을 떠들고 다닐 필요는 없지만 의심, 비관, 망각을 숭배하거나 입증되지 않은 무언가를 믿으면서까지 내 행복에 훼방을 놓지는 말자고요.

3. 증거를 찾을 것

"난 게으르고 무능해."

"다들 나를 싫어해."

"너무 절망적이야."

기분이 우울하면 나도 모르게 이런 말들이 튀어나오곤 하는데, 심리치료사에게 이런 식으로 감정을 드러내면 그 감정의 증거가 무엇인지를 물을 거예요. 그러면 이런 부정적인 생각이 전부 가짜였다는 증거가 우르르 쏟아지죠.

"오늘 정말 바쁘게 일했는데 좋아하는 텔레비전 프로그램도 하나 봤어요. 절대 게으르다고는 할 수 없는 하루였네요."

"사회생활도 왕성하게 하고 있고 나를 걱정해주는 단짝 친구들도 있어요."

"앞으로 어떤 일이 벌어질지는 모르지만 지금까지는 꽤 괜찮았어요."

부정적 생각에 반기를 들고 그게 사실이 아니라는 증거를 찾으면 그 생각들은 금세 힘을 잃어요. 그러면 우울한 기분에서도 금방 벗어날 수 있죠.

불안감은 감시카메라처럼 내가 잘못한 일들, 잘못할 일들, 잘못될 수 있는 일들… 아무튼 안 좋아질 수 있는 모든 일들을 죄다 기록하는데, 이걸 24시간 보고 있으면 평범한 사람도 미쳐버릴 거예요.

불안감을 최소화하자고요. 내 남편 빈스처럼요. 온갖 쓸데없는 걱정에 베개에 머리를 대고도 세 시간을 뒤척이는 나와 달리 빈스는 누우면 바로 잠드는 사람이죠. 그러고는 아침에 일어나 노래를 흥얼거리며 하루를 시작해요. 노래라니! 어떻게 이렇게 나와 정반대일 수가 있는지. 그래서 끌렸나 봐요. 안 그랬으면 나한테 질려서 도망갔을 거예요. 빈스는 논리적인 사람이라 항상 증거를 찾죠. 그리고 그는 언제나 모든 일이 괜찮을 거라는 증거를 찾아냈어요. 심지어 모든 것이 엉망진창인 상황에서도 말이에요.

2. 긍정적 생각과 부정적 생각의 균형을 맞출 것

차에 치일 것 같거나 길을 지나던 사람이 갑자기 공격을 할 것 같은 비관적이고 불안한 생각이 들 수도 있죠. 그런데 그런 생각을 할 시간이 있다면 그 반대의 생각, 그러니까 긍정적인 생각을 하는 데도 시간을 좀 투자하세요.

이를테면 이렇게 하자는 거죠. "난 실업자가 될 테고 그러면 다들 날 싫어하겠지." 그럴 수 있죠. 그런데 당신은 그 일을 충분히 극복할 수 있고 당신의 가족과 고양이는 절대 당신을 싫어하지 않을 거예요. "비행기가 내가 사는 아파트로 추락해 나와 내 고양이들을 전부 불태워버리면 어떡하지?" 첫째, 비행기는 좀처럼 추락하는 법이 없고, 그런 일이 당신에게 일어날 확률은 사실상 0에 가까워요. 비행기 충돌로 죽을 수는 있겠죠. 그렇지만 그 시점에 불이 나는 건 중요한 문제가 아닐 거예요. "내가 이상한 애라는 걸 알아채고 빈스가 날 떠나면 어떡하지. 차일까 봐 전전긍긍하지도 않고 아침 식사도 꼬박꼬박 챙겨 먹는 정상적인 여자한테로 가면 어떡해." 빈스도 내가 별종이라는 걸 알고 있어요. 심지어 내 그런 면을 좋아하고 있고요! 게다가 빈스도 그 나름대로 괴짜라고요. 내가 그의 그런 면을 사랑스럽다고 생각하는 것처럼 그도 나를 그렇게 생각할걸요.

자. 이제 실전에서 써먹어보자고요.

1. 다 괜찮다

최근에 엄마를 만날 일이 있었어요. 우리는 멋진 카페에서

맛 좋은 와인에 감자튀김을 먹으며 기분 좋게 식사를 하기로 했죠. 난 당시 내게 벌어지는 굉장한 일들에 대해 엄마에게 이야기할 참이었고 조언도 구하려고 했어요. 그런데 엄마는 약속 시간을 지키지 못했어요. 길을 헤맨 거죠. 전화로 길을 알려주려고 하다가 내비게이션도 안 쓰려 하고, 스피커 폰을 어떻게 켜는지도 모르는 엄마에게 짜증이 나기 시작했어요. 차를 세우고 주변에 뭐가 있는지라도 얘기해보라고 했는데 그 말조차 듣지 않는 엄마 때문에 화가 머리끝까지 치밀었어요. "일단 차를 세우라고!" 그러다 결국 최악의 말까지 하고 말았죠. "됐어, 때려치워! 그냥 집에 가!"

이 사건 이후 치료사에게 상담을 받으면서 엄마에 대한 화와 짜증이 조금 누그러졌어요. 나는 그저 '약속 시간에 늦은 것'에 화가 났던 거예요. 난 지각을 극단적으로 싫어하거든요.

나도 어릴 때는 학교, 교회 심지어 할머니 장례식에까지 지각을 했어요.

엄마는 항상 미친 사람처럼 집을 누비며 "5분 후에 출발한다!"를 외쳤어요. 약속 장소가 어디든 조금이라도 늦으면 가속페달을 있는 힘껏 밟았죠. 그러면서 심지어 가는 길에 화장도 했어요. 엄마가 차 안에서 아이라인을 마저 그리고 있으면 다른 운전자들이 화를 내면서 경적을 울리고 가는 식이었죠.

정말 무서웠어요.

하지만 엄마는 약속 장소에 20분 이상 늦게 도착했을 때도 이게 '유대인 표준시'라며 아무렇지 않게 행동했죠. 약속 장소가 어디든 우리는 항상 시작 부분을 놓쳤어요.

'지각'에 대한 내 강박이 이해되나요? 교실의 친구들, 교회 사람들, 사랑하는 할머니의 장례식에 참석한 사람들까지, 우리가 약속 장소에 들어서면 모두가 우리를 향해 뒤를 돌아보았고 우리는 미안한 표정을 지으며 살금살금 자리를 찾아 들어갔죠.

20년이 지난 후에도 나는 심리치료를 받으러 있는 힘껏 달려가요. 지각은 여전히 내게 엄청난 불안을 야기하는 요인이에요. 이제 나는 약속 시간에 늦는 법이 거의 없지만, 그런 건 중요하지 않죠. 나는 계속해서 지각 때문에 스트레스를 받고, 지각하지 않기 위해 곡예 운전을 해요. 요즘에는 땀을 뻘뻘 흘리며 약속 시간 10분 전에 도착해서 상대를 20분 정도 기다리곤 하죠. 이제 LA에서 유일하게 약속 시간을 정확히 지키는 사람이 된 거예요.

하루는 내가 5분 늦게 치료실에 도착해 땀을 줄줄 흘리며 연신 사과를 하니까 치료사가 이렇게 말하더라고요. "조지아, 늦어도 괜찮아요. 45분쯤 늦을 수도 있죠. 어차피 치료비는 시간당 비용으로 청구하니 시간은 얼마든지 조지아 마음대로 조정해도 돼요."

나는 지각하지 않기 위해 그동안 스스로를 얼마나 몰아붙였는지에 대해 털어놨어요. 조금이라도 지각을 할라치면 "망할 놈의 바보 천치"라고 자책하면서 나를 혼냈다고요.

치료사는 인자한 미소를 띠며 내게 말했어요. "스스로에게 정신적으로 좀 더 건강한 말을 해줄 수도 있잖아요."

난 어떻게 대답해야 하나 한참 고민했어요. 명확한 정답이 있는 것 같았거든요. "흥분하지 마? 침착해? 열 내지 마?" 내 모든 대답에 치료사는 고개를 저었어요.

결국 나는 정답 맞히기를 포기했죠. 치료사는 차분한 목소리로 말했어요. "괜찮아."

그 말에 나는 웃음을 터뜨렸어요. 내가 그 말을 얼마나 피하고 있었는지도 깨달았죠. 지금은 그 말을 달고 살아요. 조금 지각을 할 때도, 해야 할 일은 산더미 같은데 시간이 없을 때도, 비행기 추락에 대한 걱정이나 평범한 여자에 대한 질투에 사로잡힐 때도, 모두 "괜찮다"고요.

자기 성찰을 하다 보면 나도 모르게 스스로에게 형편없는 말들을 하게 돼요. 이런 자책 때문에 심리치료를 받지 못하는 사람도 있죠. 하지만 그런 형편없는 말들은 반드시 풀어서 정리를 해줘야 해요. 그런데 대개는 그 말들에 대해 생각조차 하지 못하죠.

여드름 난 얼굴로 피부 관리를 받으러 가면 관리사가 피부 아래에 숨어 있는 좁쌀만 한 뾰루지까지 전부 빼내죠. 그런데 결과적으로는 덕분에 매끈한 피부를 갖게 되잖아요? 비슷한 원리 아닐까요?

캐런   조지아가 가장 좋아하는 스트레스 해소법은 뭐예요?

조지아   독서와 요가요. 완전히 푹 빠져 있죠. 평소에는 생각
도 걱정도 너무 많은데 책을 읽을 때만큼은 허튼 생
각도 안 들고 완전히 다른 세계에 있는 느낌이 들거
든요. 좋은 책은 나를 완전히 다른 세상으로 이끌어
주죠. 요가를 할 때는 엉덩이를 바닥에 딱 붙이고 집
중을 해야 하니까 발톱 손질을 해야 하는지, 차 문은
잘 잠갔는지 하는 쓸데없는 걱정을 하지 않게 되더라
고요.

캐런   어렸을 때 푹 빠져 있던 것이 있다면?

조지아   엄청 많죠. 광란의 파티, 시끄러운 음악, 마약, 롤러
스케이트, 외박, 담배, 칵테일, 이상한 남자들, 부츠컷
청바지, 튜브 탑, 화장품, 선크림 안 바르고 선탠하기
등등이요.

5장

벌어야 한다

장래희망은 코미디언

'일'은 나 자신을 지키기 위한 첫걸음이죠. 혼자 벌어먹고 살 수 있다는 건 자기방어력이 있다는 뜻이니까요. 스스로 밥벌이를 해야 한다는 사실을 빨리 깨달을수록 하루라도 일찍 내가 진짜 원하는 일을 찾아 경력을 쌓을 수 있어요.

만약 당신이 할리우드에서 잔뼈가 굵은 사람이라면, 길을 가다 연예계 취업 지망생에게 이런 질문을 받게 될 수도 있어요. "언제 커피 한잔 하면서 조언을 구해도 될까요?" 나한테도 조언을 구하고 싶다는 사람들이 종종 찾아왔어요.

유명한 텔레비전 프로그램 작가로 일할 때는 그런 사람들이 정말 많았고요. 내 메일함에 쏟아진 메일을 보면 깜짝 놀랄 거예요. 얼굴 한번 본 적 없는 사람들이 이제 막 대학을 졸업한 자기 아들, 딸을 들이밀며 방송국에 적당한 일자리 없겠냐고 물어왔다니까요. 나는 그저 답장을 보내지 않는 것으로 대답을 대신했죠.

그 사람들을 도와주기 싫어서 그런 게 아니에요. 내 도움을 진짜 필요로 하는 사람에게 주고 싶어서 그런 거죠. 도움을 받아야 할 사람들은 내 주변에도 많아요. 방송국에도 인턴으로 일하는 대학생들이 많고요. 수백 대 일의 경쟁을 뚫고 채용된 사람들이죠. 미국 전역에서 로스앤젤레스로 모여든 대학생들은 '무보수'로 몇 달 동안 방송국 탕비실을 청소하고 복사 용지를 갈고 생수통을 날라요. 그러다 그만두거나 잘리지 않으면 겨우 제작 보조가 되죠. 보조 일을 하면서 버티다 보면 원하는 팀에 배정될 가능성이 높아지고요. 대개 2년 정도 이런 생활을 해요. 이렇게 버틴 사람들은 그 시간과 노력을 보상받을 자격이 있죠.

아 물론, 나는 이런 과정을 거치지는 않았어요. 대신 다른 대가를 치렀죠. 내가 뭐 대학생 인턴이 되거나 그런 종류의 인간은 아니잖아요? 난 그냥 낙제생이었다고요. 그런 나를 두고 부모님은 가차 없이 경제적 지원을 끊었고 난 반년간 완전히 공황 상태로 살았어요. 그러다 어느 날 갑자기 이런 생각이 들더라고요. '난 패배자가 아니야. 크게 한 방 터뜨려서 증명해보이겠어!' 난 스탠드업 코미디언이 되기로 결심했어요.

그게 당시 내가 선택할 수 있는 유일한 길 같았거든요. 난 오랫동안 코미디를 하고 싶어 했고, 열 살 때부터 텔레비전에 나오는 모든 스탠드업 코미디언들의 연기를 봐왔죠. 일단 시작하기만 하면 금방 무대에도 서고 부자가 될 거라고 생각했어요. 간단하면서도 완벽한 계획이었죠.

하지만 곧 알게 되었어요. 그 계획은 완벽하지도 간단하지도 않았다는 걸요. 결국 연예계에 입성해 일다운 일을 하게 되기까지 14년이나 걸렸어요. 이렇게 되기까지 부모님과 친구들, 친구들의 부모님, 부모님의 친구들에게서 쏟아지는 질문 공세를 받아야 했고요. 지금 무슨 일을 하는지에 대해 끊임없이 설명해야 했고, 그러면 그들은 너무 힘든 길을 택했다며 '실현 가능한' 일을 하라고 조언했죠. '안전망'이 있어야 한다고, 인맥 없이는 연예계에서 살아남기 힘들다고요. 그 사람들 중 실제로 연예계에서 일해본 사람은 단 한 명도 없었는데 말이에요. 심지어 LA에 일주일 이상 머무른 적도 없는 사람들이었어요. 그런데도 연예계가 어떻게 돌아가는지는 귀신같이 알고 있었죠. 내가 어떻게 망할지도 참 잘 알고 있더라고요.

그때 얻은 소중한 교훈이 있어요. 진로에 대한 남의 조언은 순 엉터리다. 가족의 조언이라면 더더욱. 사람들은 꿈을 이루기 위해 노력하는 이야기를 별로 안 좋아하는 것 같아요. 시기심일까요? 실은 자기도 같은 꿈을 꿨는데, 부모님 때문에 좌절했다거나 그런 경험이 있어서? 아무튼 꿈을 향해 조금씩 달려가는 사람의 이야기는 그다지 환영받지 못하는 것 같아요. 어떻게든 초 치는 한마디를 하고 싶어 하고요. 혹시 그런 사람이 주변에 있다면 조심스럽게 멀어지세요.

얼마든지 실패해도 돼요. 그동안의 노력들이 내 인생을 만드는 거예요. 당신이 하는 모든 노력과 시도를 당신이 쓰는 자서전의 한 챕터라고 생각하세요. 취업과 경력은 내 인생의 일부일 뿐이에요. 용기를 가지고, 자신을 믿고, 시작해보세요. 실패할 수도 있죠. 나도 그랬고요. 다른 직군에서 경력을 시작해 원하는 쪽으로 옮겨도 되고요. 내가 그랬어요.

내 경우 LA 생활 6년 차에 위기가 찾아왔어요. 스탠드업 코미디를 하면서 여기저기 오디션을 보러 다녔고, 변변치 않지만 조금씩 일도 하고 있었는데, 초기의 의욕과 동기는 바닥을 드러내고 있었죠. 지갑에 돈은 떨어져가고, 앞날이 깜깜한 거예요. 결국 아빠한테 전화해 또 돈을 빌려달라고 하는데, 이번에는 아빠가 소리치거나 설교하는 대신 안타깝다는 듯이 말하더라고요. "아가, 이제 포기하는 게 어떠니?" 그런 말을 들으면 가슴이 아플 줄 알았는데 전혀 그렇지 않았어요. 왜냐면 아빠가 틀렸다는 걸 알았거든요. 확신이 들었어요. 그래서 아빠에게 몇 달만 더 시간을 달라고 했죠. 그러다 친구 제이가 새 코미디 코너의 제작을 맡게 됐다는 소식을 들었어요. 그는 내게 같이 일해보자며 이력서를 내보라고 했죠. 난 프로그램 제작에 대해 하나도 모른다고 했는데, 그는 "괜찮다"고 했고, 그렇게 해서 처음으로 방송 작가 일을 시작하게 됐어요.

이쯤에서 내가 이직에 관해 가장 자주 받는 질문에 대해 답해볼게요.

Q. 이직은 어렵나요?

A. 그럼요. 모든 일이 다 그렇죠.

Q. 이직하는 데 시간이 오래 걸리나요?

A. 바보예요? 당연하죠. 시간을 들이지 않고 할 수 있는 일은 없다고요.

Q. 진로를 바꿨다고 실패자 소리를 들을까 봐 걱정돼요.

A. 그게 뭐 어때서요? 그런 건 다 개소리예요. SNS에서나 당장 탈퇴하세요.

알바 지옥

난생처음으로 급여를 받는 일을 하게 된 건 열다섯 살이 되던 해였어요. 고등학교 선생님께 취업 허가증을 받았을 때죠. 방과 후에 일을 하면 마지막 수업을 빼먹고 학교에서 빨리 빠져나올 수 있었어요. 어차피 난 자주 땡땡이를 쳤으니 크게 상관없는 일이었지만요. 어릴 때부터 내가 원한 건 아주 단순하고 명쾌했어요. 돈이었죠.

돈만 많으면 자유를 얻고 무슨 일이든 내가 원하는 대로 결정할 수 있을 것 같았어요. 돈이 모자라서 좋아하는 과자를 왕창 사지 못하는 일이나 짝퉁 브랜드 신발을 사는 일도 없겠죠. 치즈로 범벅된 감자튀김도 잔뜩 사 먹고 미성년자한테도 담배를 파는 동네 주유소에서 담배도 사고. 어릴 적의 소박한 꿈이었네요.

그때는 집세를 안 내도 되고, 차를 끌고 다니지 않아도 되는 게 좋은 건지 몰랐어요. 알았다면 좋았을 텐데. 난 아주 걷기 좋은 동네에 살았거든요. 블로그를 계기로 성공하기 전까지, 그때부터 15년간 형편없는 일을 해야 한다는 걸 알았다면 첫 직장에 들어가기 전에 조금 더 고민을 했을 거예요. 물론 그랬다면 싸구려 감자튀김 같은 것도 내 돈으로 사 먹기까지 한참이 더 걸렸겠지만요.

난 어릴 때부터 '일다운 일'을 하고 싶어 했죠. 그러면 진짜 어른처럼 생산적인 사회 구성원이 될 것 같았거든요. 대학에 진학하지 않고 속기사 기술, 미용 보조, 심리학, 유아교육학 등을 배웠는데도 내가 할 만한 일, 그러니까 내가 경력을 쌓을 만한 '직업'을 찾지 못했어요. '경력'이란 건 인내심을 갖고 수업 시간에 끝까지 앉아 있는, 숙제도 꼬박꼬박 해가는 똑똑한 사람들만 갖는 거라는 생각만 들 뿐이었죠. 나는 멍청했고, 인내심도 부족했고, 칭찬도 들어본 적 없거든요. 그때는 그렇게 생각했어요. 물론 지금은 아니지만요.

그럼 이제 내가 했던 몇 가지 일들에 대해 이야기해볼게요.

점원

난 옷 가게에서 일하는 걸 좋아했어요. 쇼핑광이었기 때문에 항상 주변에 옷이 있는 환경에서 최신 유행을 좇는 일은 나에게 엄청난 즐거움이었죠. 물론 그 최신 유행을 '누리지는' 못했어요. 월급이 최저임금 수준이었으니까요. 가끔 괜찮은 점장을 만나면 매출이 좋은 주에 내가 눈독 들이던 블라우스를 슬쩍 챙겨주긴 했지만요.

열여덟 살에는 집 근처에 있는 의류 매장에서 일했는데, 도심의 대규모 의류센터에서 물건을 떼다가 세 배 정도 값을 올려 팔던 곳이었죠.

스무 살에는 체인 의류 매장의 부점장으로 채용됐어요. 말만 부점장이지 최저임금에서 조금 더 받았나? 그거랑 창고 열쇠를 갖고 있었다는 점만 좀 달랐네요. 매장이 대형 쇼핑몰 구석에 있었기 때문에 하루 종일 손님이 없을 때가 더 많았어요. 그럴 때면 난 매장을 어슬렁대며 사고 싶은 옷들이 있나 보곤 했죠. 그렇게 동료들과 시간을 때우고 있는데 하루는 당시 막 사귀기 시작한 남자친구가 날 보러 매장에 들렀어요. 우리는 그때 둘 다 한창 서로에게 빠져 있었기 때문에 새 오토바이 부품을 사러 가자는 그의 말에 난 덥석 응했고, 결국 그 매장에서 잘렸어요. 지금 생각해보면 그때 그곳에 남아 있는 게 더

나왔을 텐데.

어쨌든 그 뒤로도 샌타모니카에 있는 빈티지 의류점에서 일을 했어요. 고급 상품을 취급하는 대규모 매장이었기 때문에 가끔 유명 인사들도 들르곤 했죠. 의류 매장을 운영해본 적이 전혀 없는 부자 부부가 운영하는 곳이었는데 그래서인지 부부는 하루가 멀다 하고 싸웠죠. 모든 게 엉망진창이었어요. 같이 일하는 여자애들이 몇몇 더 있었는데 몇 달 만에 그들과 난 절친이 됐죠.

그리고 그중 한 명과는 룸메이트가 되어서 허름한 동네에 있는 낡은 사무실을 고쳐서 함께 살기도 했는데, 같은 공간에서 시간을 보내며 생활하다 보니 곧 서로를 견딜 수 없게 되어서 금방 헤어졌어요.

급식 담당자

난 먹는 걸 정말 좋아해요. 미치게 사랑하죠. 식당에서 서빙도 해봤고 스타벅스에서도 당연히 일해봤어요. 빵집 카운터 뒤에서 입에 쿠키를 잔뜩 쑤셔넣고 일한 적도 있고 고급 레스토랑에서 설거지도 해봤죠.

요식업 중에서는 스물세 살에 일했던 학교 급식실이 제일 기억에 남네요. 그 학교는 일반 공립학교에 들어가지 못한 문제아들이 가는 학교였고, 나 역시 비슷한 학교에 다녔던 경험이 있기 때문에 그곳이 마음의 고향처럼 느껴졌어요. 학년당 한 반밖에 없는 작은 학교여서 일에 쉽게 적응할 수 있었고 아이들 이름도 빨리 외웠죠. 애들이 "조지아 씨"라고 불러주는 게 좋았어요.

나는 매일 아침 일반 공립학교에서 만든 아침과 점심 식사를 가져다 교실 옆에 마련된 작은 급식실에서 아이들에게 나눠줬어요.

여기서 한 가지 말해두고 싶은 게 있는데, 난 고급 레스토랑에서 식사하는 것도 아주 좋아하고 비싼 요리도 줄줄 꿰고 있지만 패스트푸드도 그만큼 좋아해요. 이 글을 쓰는 지금도 단골 카페에서 마카로니 치즈를 먹고 있고요. 부모님이 건강식에 집착하는 분들이었기 때문에 어릴 적엔 달달한 시리얼과 탄산음료 같은 건 구경도 못 했어요. 밀가루로 만든 빵이나 땅콩버터 같은 게 있는지도 몰랐고요. 고등학생 때까지 밀가루 빵과 머스터드, 소시지, 싸구려 치즈가 들어간, 제대로 된 샌드위치도 못 먹어봤다고요. 젠장.

그런데 내가 일했던 급식실에서는 아이들 식사로 치킨너깃이나 싸구려 치즈가 올라간 기름에 전 피자 같은 게 나왔어요. 내가 열세 살에 갔던 쓰레기 같은 치료소에서도 그것보단 나은 음식들이 나왔는데 말이에요.

당시 난 빈털터리 대학생이었고 남자친구 집에 들어가 살기 시작한 때였죠. 남자친구를 만나기 전까지 난 섭식장애 때문에 한 번도 48킬로그램을 넘어본 적이 없었어요. 내 키가 165센티미터인데, 그러니까 성인이 된 이후로는 계속 뼈만 남은 앙상한 몸에 머리만 덩그러니 올라간 모습이었던 거예요. 물론 같은 키에 48킬로그램의 몸을 가진 건강한 사람도 있겠죠. 사람 몸은 각기 다르니까요. 그렇지만 당시 내가 '정상적으로' 잘 먹었다면 내 몸무게는 60킬로그램쯤 되었어야 해요. 그게 내가 행복하고 건강하게 스스로를 돌보는 사람이었다면 마땅히 가졌어야 할 몸무게죠. 그랬다면 가슴도 적당히 있었을 거고요. 하지만 48킬로그램짜리 그때의 나는 그런 사람이 아니었어요.

그런데 꼭 아이들에게 급식을 나눠주고 나면 인스턴트 샌드위치나 부리토 같은 게 한두 개씩 남는 거예요. 그걸 그냥 쓰레기로 버릴 수는 없었어요. 그래서 남은 음식을 내가 다 먹었죠. 내가 말했죠? 패스트푸드를 엄청 좋아한다고요. 그때부터 나는 천천히 살이 쪘고 몸이 둥글둥글해졌어요. 그러다 아빠를 잠깐 만날 일이 있었는데 아빠가 날 보자마자 어색하게 웃으면서 이러는 거예요. "오! 살이 좀 붙었구나!" 아빠가 무슨 말을 하는지 알겠더라고요. 그제야 내가 적당한 체형이 된 거예요. 그리고 그 모습이 내 마음에도 들었고요. 드디어 내 엉덩이와 가슴에도 살이 좀 붙었죠. 덤으로 턱살도 좀 갖게 됐지만.

사무실 경리

난 따분한 와스프들이 다니는 수십억 달러 규모의 회사에서 경리로 일했어요. 종아리에 있는 큰 문신을 가리려고 고등학생 때 중고로 산 정장 바지를 입고 다녔죠. 밑단에 강력 테이프를 붙이고 옷핀으로 지퍼를 고정시켰어요. 작업복에 그 이상의 돈을 쓰고 싶지 않았거든요. 회사 생활은 몹시 암울했고 이게 내 미래인가 싶었어요. 평생 이렇게 이름 없는 회사에서 승진도 못 하는 그저 그런 직원으로 살게 되겠구나 했죠. 은퇴 자금 저축은 고사하고 탕비실에서 이렇게 매일 시리얼 바로 점심을 때우면서, 저녁에는 같은 처지의 친구들과 술이나 마시면서, 이튿날 점심에는 숙취로 쓰린 속을 붙잡고 꾸벅꾸벅 졸거나 냉방병으로 굳은 몸을 이리저리 돌아다니며 풀거나 하면서 그렇게요. 비참했어요.

그러다 무료함을 달래기 위해 블로그를 시작했어요. 글 쓰는 게 좋았고 블로그는 '글을 쓰기에' 가장 쉬운 방법이었죠.

바보 같은 실수들, 재미있었던 일들, 감상에 빠진 헛소리, 요리, 옷, 고양이 같은 관심사들, 불쾌한 경험들에 대해 썼어요. 정말 아무거나 썼죠. 그런 의미에서 나는 타고난 블로거였네요. 나와 내 주변의 시시콜콜한 신변잡기를 블로그에 전부 공유했거든요.

그렇게 블로그를 하면서 쳇바퀴처럼 도는 일상에서 벗어날 수 있었고, 뭔가 목표 의식도 갖게 되었죠. 블로그가 내 인생의 전환점이 된 거예요. 누군가 내 차를 망가뜨리고 카오디오를 훔쳐 갔을 때, 이걸 고치는 데 또 돈이 얼마나 들려나 하는 생각보다 '이 일을 빨리 블로그에 올리고 싶다!' 하는 생각이 먼저 들었다니까요. 데이트 상대를 매치해주는 사이트에 가입하고도 운명의 상대를 만나지 못했을 때도(내 얘기는 아니에요) 블로그 포스팅의 좋은 소재가 됐죠. 점심시간에 꾸벅꾸벅 조는 대신 밖으로 나가 내가 싼 도시락과 지금 읽는 책을 사진으로 남기고 그 사진들을 블로그에 올렸어요. 드럼을 배우는 모습과 내가 좋아하는 옷을 입고 찍은 사진들도 모두 올렸죠. 컵케이크 만드는 모습도요.

한번은 친한 친구와 엽기적인 칵테일을 만들어 블로그에 올리자고 했어요. 그 일을 계기로 비디오카메라가 있는 친구의 도움을 받아 델마 할머니의 부엌에서 '엽기 칵테일 만드는 법' 영상을 찍게 되었고 그 영상을 유튜브에 올렸어요.* 그런데 그 영상의 조회수가 폭발한 거예요. 텔레비전 요리 채널 관계자한테서 칵테일 영상을 더 찍어볼 생각이 있는지 묻는 페이스북 메시지까지 받았다니까요! 그리고 그때 이걸로 뭔가를 더 해볼 수 있겠다 싶어 회사를 그만뒀죠. 정말 내가 하고 싶었던 일을 할 수 있을 것 같았어요. 그때 내 유일한 목표는 다시는 그 고층 건물 사무실로 돌아가지 않겠다는 거였어요. 그렇게 9년이 흘렀고 다행히 지금까지 좋아하는 일을 하면서 간신히 먹고살고 있네요. 요리 채널에서 음식과 여행에 관한 프로그램을 진행했고, 텔레비전 시리즈에 내레이터로 참여했고, 그 후에는 캐런과 코미디 팟캐스트까지 진행했죠. 그리고 그 팟캐스트는 내 인생을 활짝 피게 해줬네요. 근사한 직업과 친구들을 갖게 해줬으니까요. 심지어 그 덕분에 지금 책까지 쓰고 있고요!

내 할머니는 "너보다 바보도 세상에 많다"라는 말을 자주 하셨어요. 그 말은 내게 좌우명이 되었죠. 진짜 그렇더라고요. 나보다 더 멍청한 사람도 책을 쓰고, 나보다 더 바보 같은 사람도 대학 졸업장 없이 훌륭한 경력을 쌓고, 나보다 더 천치

---

* https://youtu.be/iX8Hzxu7C1g에서 영상을 볼 수 있다. 맥도날드의 초콜릿 셰이크와 맥너깃(!), 보드카를 넣어 만든 칵테일이다.

같은 사람도 섭식장애를 극복하죠. 그러니 나라고 안 될 게 뭐가 있겠어요? 내가 다른 사람보다 훌륭하다는 말이 아니라, 나도 다른 사람들처럼 행복한 삶을 살 기회를 누릴 자격이 있다는 걸 알게 된 거죠. 내가 그 정도로 최악의 인간은 아니거든요. "멍청하게 굴지 말고 좋은 일을 하자." 이게 내 두 번째 좌우명이에요. 첫 번째 '바보'에 이어 '멍청'이라는 말이 들어가네요. 마음에 들어요.

잠깐 진지한 얘기 조금만 해도 되죠? 오 하느님 아버지, 내 인생이 이렇게 풀려서 정말 다행이에요. 여러분께 너무 감사해요. 아니, '감사'라는 말로는 이 기분이 다 표현이 안 돼요. 내 인생이 이렇게 되리라고는 정말 상상도 못 했어요. 아직도 믿기지가 않는다니까요. 캐런과 함께한 팟캐스트는 내 인생을 송두리째 바꿔놨어요. 물론 직업이 그 사람의 모든 것을 설명해주지는 않지만 일터는 그 사람의 세계에 엄청난 영향을 미치죠. 그래서 정말 싫어하는 일을 하면 스스로가 작게 느껴질 수밖에 없어요. 어딜 가나 그 기분을 떨쳐낼 수가 없고요. 세상이 온통 우울하죠.

나도 아는 건 별로 없지만 내가 뭔가 조언을 건네야 한다면 이렇게 말하고 싶어요. 뭐라도 시도해보세요. 기분이 좋아지는 일에 열정을 쏟아보세요. 나도 좋은 삶을 살 가치가 있는 사람이라는 걸 기억하세요. 자신감을 갖고, '내가 나라서 좋은' 그런 아침을 맞으세요. 그런 아침을 맞기 어렵다면, 내가 원하는 삶이 뭔지를 먼저 생각해보세요. 먼 여정이 될 수도 있겠지만 내 경우엔 이 과정이 꼭 필요했어요. 일단 내가 원하는 삶이 뭔지를 알아내면 기회를 잡아 그걸 내 것으로 만들기가 훨씬 쉬워지니까요.

캐런   조지아의 첫 번째 장래희망은 뭐였어요?

조지아   고등학교를 갓 졸업했을 때는 미용 일이 너무 하고
싶었어요. 내가 나다울 수 있는 멋지고 창의적인 일
이라고 생각했거든요. 하루 종일 사무실 책상에 앉아
있지 않아도 되고, 너무 좋아 보였죠. 미용 학교에 들
어간 지 세 달 만에 그만뒀지만요. 그 세 달 동안에는
무척 즐겁게 일을 배웠어요. 지금도 앞머리쯤은 문제
없이 다듬을 수 있죠!

캐런   해봤던 일 중에 가장 힘들었던 일은요?

조지아   좋아하지 않는 일을 할 때는 항상 힘들었어요. 팟캐

스트와 그 관련 일들(이놈의 책 쓰는 일을 포함해서요!) 을 할 때도 엄청나게 힘든 건 마찬가지지만, 그래도 이 일들을 할 땐 덜 힘들게 느껴져요. 흰머리도 늘고, 치료사를 찾는 날도 두 배나 늘었고, 스트레스 때문에 수명이 몇 년은 줄어든 것 같은데, 그래도 최근 몇 년은 그 이전보다 훨씬 행복했어요.

캐런 앞으로 새롭게 해보고 싶은 일이 있다면요?

조지아 일단 학교 일은 제 적성에 안 맞고요. 바텐더나 범죄 현장 청소부 일 같은 걸 하게 될 것 같아요. 시체 탐지견을 기르고 훈련시키는 일도 재미있을 것 같아요. 아니면 빈티지 그릇을 파는 제과점이나 야외 술집을 운영하는 것도 좋겠네요. 개를 데려와 놀아도 되고, 게임을 할 수도 있는 술집 말이에요. 여러분도 분명 좋아할걸요.

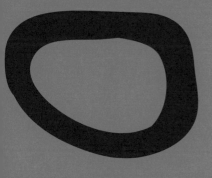

6장

스스로 어른이

미친 전 여친

이번 장의 주제는 이거예요. 인생에 지름길은 없다. 살아가는 데 쉬운 길이란 결코 존재하지 않아요. 나를 책임질 사람이 다름 아닌 나 자신이란 걸 받아들이지 않으면 수많은 어려움에 빠지게 될 거예요. 삶에 대한 통제력을 잃거나, 나쁜 의도로 다가오는 사람을 덥석 믿어버린다거나 하는 식으로요. '세상에 공짜는 없다.' 다들 알죠? 너무 좋아 보이는 뭔가가 있으면, 거기서 바로 탈출해야 돼요.

가슴이 찢어지는 고통을 느껴본 적 있나요? 아파 죽을 것 같은 그런 고통이요. 쉽게 벗어날 수도 없는데, 다 잊고 잠들 수 있게 도와줄 약도 없고, 그렇다고 다른 일에 몰두할 수도 없고… 정말 끔찍한, 실재하는 '신체적' 고통이죠.

물론 나는 이런 고통을 잘 알고 있어요. 여러 번 겪었거든 요. 심지어 열여덟 즈음엔 이런 고통에 통달했다고 생각했죠. 나는 열세 살부터 남자친구를 사귀었고 연애를 여러 번 해봤으니까요. 그즈음엔 심지어 누군가를 차려고 하던 참이었죠. 그리고 난 그 일을 아주 부드럽게 해냈어요. 몇 번 겪어봤기 때문에 '이별'이 어떤 기분인지 잘 알고 있었죠. 그때 난 마약 중독 재활 치료를 받을 때 만나 일 년 반(10대에게는 영원과도 같은 시간이죠)을 사귄 크리스와 헤어졌어요. 서로를 애칭으로 부르며 부모님이 집을 비울 때를 틈타 몰래 섹스를 했고, 그의 따뜻한 대가족과 함께 크리스마스를 보내면서 그 집 벽난로에 양말을 걸기까지 했죠! 그때 처음으로 왜 사람들이 가족을 꾸리고 아이를 낳으려고 하는지를 이해했어요. 그리고 크리스와 함께라면 그런 삶을 살 수도 있을 것 같았죠. 물론 내가 원하는 삶은 그게 아니라는 걸 금방 깨닫긴 했지만요.

난 나만의 이별하는 법을 지키기로 했어요. 내 마음을 아프게 했던 남자들이 이렇게 해줬더라면 좋았을 텐데, 하는 방식으로 이별을 고하는 거죠. 내 캠핑 좌우명으로 요약할 수 있을 것 같아요. "발견한 것을 그대로 두어라." 좀 더 직설적으로 말하자면 "이별할 때 바보같이 굴지 말자." 이별할 때는 간단명

료하게, 빙빙 돌리지 말고, 깔끔한 태도로 솔직하게 상대를 대할 것. 그것만이 둘 다 품위를 잃지 않는 길이죠. 잠수를 탄다거나, 이별 섹스를 한다거나, 우물쭈물 애매하게 행동하면서 상대를 떠본다거나… 다 최악이에요. 이별은 당연히 양쪽 모두를 상처 입히고, 기분을 더럽게 만들죠. 하지만 장담할게요. 그냥 솔직하게 이별을 고하고 헤어지는 게 장기적으로는 훨씬 나아요. 상대가 사이코패스나 미친놈이 아니라면 그 방법만이 당신과 상대의 영혼과 자아, 심장을 최대한으로 지킬 수 있어요.

크리스와 헤어진 뒤에는 열아홉 살에 에이든을 만났죠. 나는 이별의 상처를 잊고 또 빠르게 그에게 빠져들었어요. 흔한 표현이지만 '첫눈에 반한 거죠'. 1990년대 후반이었고, 나는 고향 오렌지카운티를 떠나 로스앤젤레스로 막 이사한 참이었죠. 진짜 내 인생이 시작될 거라고, 곳곳에서 모험과 자유가 날 반겨줄 거라고 생각했고요. 그러다 에이든을 만난 거예요. 섹시한 데다 패션 감각도 좋고, 문신까지 있는!

다시 한번 말할게요. 난 그때 고등학교를 졸업한 지 갓 일주일 된, 보수적이고 획일적이고 답답한 분위기의 고향에서 예측할 수 없는 자유의 도시 로스앤젤레스로 막 떠나온 여자애였어요. 18년을 좁아터진 시골에서 살다가 나를 아는 사람이 아무도 없는 도시에 갑자기 뚝 떨어진 거죠. 오싹하면서도 흥분됐어요.

나는 내 첫 차 도요타 코롤라를 타고 목적지도 없이 무작정 도시를 달리곤 했어요. 수동 기어 차였는데, 어찌나 고물이었는지 기어를 위로 올리면 오디오 소리가 커지고 아래로 내리면 소리가 작아질 정도였죠. 하지만 상상해보세요. 펑퍼짐한 청바지를 입은, 염색 머리에 입술 피어싱을 한 열여덟 살의 조지아를요. 피어싱한 입술로 가슴 절절한 사랑 노래를 목청껏 따라 부르면서 자기 앞에 펼쳐질 장밋빛 미래를 상상하는 조지아를요. 나는 미지의 세계를 탐험하는 탐험가의 기분으로 도시 곳곳을 누비며 내 인생 제2의 고향 LA를 탐색하고 다녔어요. 창밖의 풍경은 시시각각 바뀌었죠.

그때는 인터넷 지도가 흔치 않던 시절이라 내 호출기로는 길을 찾을 수 없었죠. 그래요. 나 삐삐 세대예요. 아무튼 그래서 차 뒷좌석에는 종이에 출력한 지도들이 지저분하게 널브러져 있었는데 심지어 그 지도도 틀릴 때가 많았어요. 정확히 말하면 나는 지도 읽는 법을 잘 몰랐고 LA의 정신없는 교통 체증을 헤쳐 나가며 그 지도를 봐야 했기 때문에 정확도는 더 떨어질 수밖에 없었죠.

웬만한 깡 아니고서는 LA에서 운전하기가 쉽지 않아요. 사디스트나 신경안정제 과다 복용자 정도는 되어야 할걸요. 교통체증이 심해서 앞차 뒤에 바짝 붙어 운행해야 하는 건 기본이고 운전자 세 명 중에 한 명은 교통 법규를 무시하고 미친 듯이 운전을 해대죠. 그걸 몇 번 겪고 나면 부처님이라도 평정심을 잃을걸요. 진심이에요. 나도 혼자 차를 몰 때는 가끔씩 창문을 모두 닫고 미친 듯이 소리를 질렀다니까요. '운전 중에 화를 내지 않는 법'에 대해 상담받느라 치료사한테 갖다 바친 돈만 해도… 어휴, 말로 다 못 해요.

운전 이야기는 이쯤 할게요. 아무튼 그때 인생 2막을 열기 위한 내 첫 번째 과제는 멜로즈 거리에서 일하는 거였어요. 내가 세상에서 제일 좋아하는 곳이었죠. 1990년대 멜로즈 거리에는 근사한 그라피티와 중고품 매장, 레코드 가게, 성 소수자 성인용품점, 맛이 형편없는 커피를 파는 카페들이 가득했죠.

더 특이한 건 거리 한가운데에 있는 은퇴자 아파트였어요. 매일 아침마다 그 아파트에 사는 노인들이 인도로 나와 의자에 자리를 잡고 쇼핑객과 노숙자들, 모히칸 헤어스타일을 한 불량 청년들을 구경하곤 했죠.

몇 블록 거리에 엄마, 아빠가 다녔던 고등학교가 있었지만 어쨌든 멜로즈는 '나만의' 공간이었어요. 레이 브래드버리를 만나고 돌아오던 날 이 거리의 문신 가게에서 유두 피어싱을 했고, 졸업 파티에 가기 위해 1970년대풍 분홍색 드레스를 샀던 곳이죠.

그러니까 멜로즈는, 휴, 괴짜들의 본거지인 거죠. 난 거리 곳곳에 있는 레코드 가게를 돌며 데드 케네디스 앨범을 전부 모았어요. 멜로즈는 남들과 쉽게 어울리지 못하고 그럴 필요성도 못 느끼는 나 같은 사람에겐 천국이었죠.

그래서 LA에 와서 처음 일을 구할 때 멜로즈에서 일할 수만 있다면 그게 무슨 일인지는 중요하지가 않았어요. 결국 처음으로 이력서를 낸 곳에서 부점장으로 일하게 됐죠. 급여를 주마다, 그것도 누런 봉투에 담아 주던 곳이었어요. 하지만 내가 좋아하는 음악을 크게 들으며 일할 수 있었고, 그것만으로 난 만족했죠.

점심시간에는 거리를 따라 늘어선 가게들을 구경했어요. 쥐꼬리만 한 급여에 평소 탐내던 빈티지 지갑은커녕 끼니를 챙겨먹기도 빠듯했지만요.

1998년, 로스앤젤레스에서 맞는 첫 여름의 어느 날이었어요. 난 점심시간에 매장을 빠져나와 또 거리를 걷고 있었어요. 적당히 따스한 햇볕이 내리쬐고 있었고 세상 모든 게 아름다워 보이는, 완벽한 날이었죠. 집에서 싸 간 음식으로 점심을 때웠기 때문에 마침 주머니에 지폐가 몇 장 있었고, 나는 좋아하는 중고 상점으로 가는 길에 차에서 들을 카세트테이프를 몇 개 샀어요. 그러고는 좋아하는 중고 상점으로 갔는데 평소와 달리 상점의 쇼윈도가 아닌 그 앞에 주차된 스쿠터가 유난히 눈에 띄더라고요.

그 구식 베스파 스쿠터를 보는 순간 난 바로 사랑에 빠졌죠. 베스파에 대해 잘 알지는 못했지만 영화 〈로마의 휴일〉에서 오드리 헵번이 그 베스파를 타고 로마 곳곳을 누비는 걸 본 적 있거든요. 그래서 언제든 모험을 떠날 수 있을 것만 같은 그 스쿠터를 보고 첫눈에 반했나 봐요. 그 스쿠터가 너무 갖고 싶었어요. 평소에 오토바이는 쳐다도 보지 않았었는데 말이에요. 불안 장애 환자들은 위험한 물건을 별로 안 좋아하거든요. 그런데 그 깜찍한 예술품만큼은 너무 탐이 났어요. 빈티지 원피스를 입고 해변을 따라 그 베스파를 타고 달리면 완벽한 일요일을 보낼 수 있을 것만 같았죠.

그렇게 스쿠터를 보면서 상점으로 들어섰는데 때마침 에이든이 보였어요. 보자마자 알았죠. 베스파의 주인이구나. 둘은 완벽한 조합이었죠. 물론 난 둘 다 갖고 싶어졌어요. 보자마자 내 꿈이 되어버린 빈티지 스쿠터, 몸에 딱 맞는 바지와 멜빵, 오래된 닥터 마틴 신발로 반항아 이미지를 완성시킨 과묵한 남자라니. 삭발한 머리와 팔을 뒤덮은 문신, 도수 높은 안경은 보호 본능까지 자극했어요. 가지런하지 못한 치아와 살짝 절뚝이는 걸음걸이(나중에 알고 보니 스쿠터 사고 때문이었어요)까지 사랑스러워 보였고요.

난 선반에 있는 옷을 아무거나 골라 에이든이 있는 쪽으로 걸어갔어요.

"안녕, 이거 입어봐도 돼?" 난 내가 생각하기에 가장 매력적인 목소리로 물었어요. 에이든은 나를 빈 탈의실 쪽으로 안내해주었고 난 거기까지 걸어가며 자연스럽게 다시 물었죠. "저 앞에 있는 베스파 네 거야?" 에이든은 그렇다고 했고 난 바로 내가 베스파를 얼마나 좋아하는지에 대해 간단히 얘기했어요. 그 말에 에이든의 어깨가 살짝 으쓱해진 것 같더라고요. 우리는 그렇게 내가 탈의실 문을 닫을 때까지 시시덕댔고 탈의실에 혼자 남게 된 나는 아까 카세트테이프를 사고 받은 영수증 뒷면에 내 삐삐 번호를 적었어요. 그런 다음 옷을 돌려줄 때 그 영수증을 같이 건넸죠. "전화해." 그러고는 의기양양하게 엉덩이를 흔들며 매장을 빠져나왔어요.

에이든에게 연락을 받기 전까지, 나는 에이든의 등 뒤에서 베스파를 타는 상상을 끊임없이 했죠. 그렇게 짝사랑을 키워가면서 결국 내 '환상 속의 에이든'은 내게 엄청나게 커다란 사람이 되어버렸어요. 사실 '실제' 에이든은 그렇게 엄청난 사람도 아니고 심지어 약간 따분한 타입이었는데 말이죠.

에이든과 데이트를 하기로 한 날, 우리는 에이든의 퇴근 시간에 맞춰 그가 일하는 상점 앞에서 만났어요. 에이든은 남은 헬멧 하나를 내게 건넸어요. 나중에 알게 된 거지만 사고가 나도 나를 보호하는 데 전혀 도움이 안 되는, 그냥 '두개골 덮개'에 가까운 빈티지 헬멧이었죠. 지금 생각해보니 오싹하네요.

"일은 어때?" 난 턱 밑에 대롱거리는 헬멧의 버클이 신경 쓰였지만 애써 참으며 다정하게 물었어요. "아, 불편하구나?" 에이든은 (엄청나게 튼튼하고 안전한) 자기 헬멧을 다리에 끼우고 내게 헬멧을 제대로 씌워주기 위해 내 쪽으로 다가왔어요. 가슴이 사정없이 두근거렸죠.

에이든이 내 헬멧 버클을 채우기 위해 집중하고 있을 때 난 숨을 죽이고 그의 얼굴을 찬찬히 뜯어봤죠. 푸른 눈동자를 둘러싼 짙은 속눈썹과 폭신해 보이는 입술… 그렇게 넋을 놓고 얼굴을 구경하는데 버클이 제대로 채워지는 소리가 났어요.

"됐다!" 에이든은 뿌듯한 목소리로 외치더니 자기도 헬멧을 쓰고 스쿠터에 타서 얼른 뒤에 타라는 손짓을 했어요.

'이 순간을 기억해, 이 순간을 기억해.' 난 속으로 주문처럼 이 말을 되뇌었어요. 난생처음 오토바이를 타는 순간인데 평생의 기억으로 남기고 싶었죠. 그리고 솔직히 말해서, 이게 내 마지막 기억이 되지 않으리라는 확신이 없었어요. 내 안의 불안 장애 소녀가 오늘 밤 사고로 우리 둘 다 죽을 거라는 상상을 떨쳐내지 못했거든요. 그 사고가 일어나기 전에 우리가 섹스를 할 수 있을까 하는 생각까지 했다고요.

어쨌든 우리가 탄 스쿠터는 덜컹거리며 출발했고 멜로즈 거리를 날아다녔어요. 익숙한 가게와 좋아하는 곳들을 모두 지났고, 차 안에서 안전하게 혹은 천천히 걸으며 거리의 풍경을 즐기던 때와는 달랐어요. 완전히 자유로웠고 온몸이 세상에 열려 있는 느낌이었죠. 도로, 가게, 하늘… 손만 뻗으면 무엇이라도 만질 수 있을 것 같았고요. 평생 묵직한 외투를 입고 있다가 갑자기 시원하게 벌거벗은 느낌이었달까요. 게다가 며칠 내내 상상했던 근사한 남자의 허리를 내 팔로 껴안고 있기까지 했으니 짜릿했죠. 너무 황홀해서 어지러울 정도였어요.

꽉 막힌 거리에서 차들 사이로 쌩쌩 달리며 난 에이든의 가죽 재킷에 코를 파묻었어요. 빈티지 가죽 향에 완전히 도취되었죠. 지구상에서 가장 아름다운 반항아, 내 생애 마지막 남자친구와 지금 함께라는 사실이 나를 더 흥분시켰어요.

태어나서 한 번도 경험해보지 못한 자유였어요. 평범한 차에서 평범한 일상을 보내는 평범한 사람들에게서 부러움의 시선을 받았죠. 그렇게 우리는 말리부의 텅 빈 해변까지 달려서, 베스파를 옆에 세워두고 키스를 하는 것으로 끝내주는 하루를 완성했고, 다시 매섭게 추운 밤을 가녀린 전조등 하나에 의지해 몇 시간 동안 달렸어요. 명품 매장과 옥외 광고판이 즐비한 대로를 따라 달렸고 최고급 저택이 늘어선 구불구불한 골목도 지났죠. 그리고 에이든은 나를 내 할머니 집 앞에 내려줬어요. 그때는 일단 너무 추웠기 때문에 한달음에 따끈한 욕조로 달려갔어요. 오한이 멈추고 손가락 끝이 쪼글쪼글해질 때까지 목욕을 한 뒤 엄마가 쓰던 침대에 누워 미소를 머금고 잠자리에 들었죠. 스쿠터를 탈 때 지면에서부터 전해지던 진동과 전율을 고스란히 다시 느끼면서요.

내 로스앤젤레스 생활은 이렇게 시작됐어요. 이렇게 얘기하니 무슨 동화 같네요. 어쨌든 내가 꿈꾸던 삶이었죠. 계단 밑 벽장 안 촌스러운 담요 위에서, 고양이 위스커스와 함께 책을 읽으며 그렸던 꿈이요. 그게 실제로 일어난 거예요.

에이든은 내 과거 속 사람이고 이제는 그때로 돌아갈 수 없죠. 그런데 돌아가고 싶지도 않네요. 과묵한 남자는 얼핏 지적이고 모든 것을 꿰뚫어보는, 내면이 가득 찬 남자로 보이지만 사실 숫기 없고 내성적인 남자는 그저 지루하고 따분한 놈에 불과하다는 걸 알기 전이었죠. 아니면 뭔가를 숨기고 있는 남자거나요. 심지어 에이든은 둘 다에 해당했어요. 하지만 당시 그의 과묵함은 내 관심을 자극했고 내가 원하는 대로 그에 대한 망상을 펼치게 했죠. 나는 그가 약간 우울하고 속이 깊은 사람이라고 생각했어요.

여기서 잠깐, 중요한 게 있어요. 말 없고 숫기 없는 사람에게 뭔가 환상을 품지 마세요. 자기 생각은 자기가 말해야죠. 그들 대신 뭔가를 말해주거나 생각을 대변해주려고 하지 마세요. 만약 나와 같은 성격이어서 한쪽만 일방적으로 떠드는 대화를 견딜 수 없다면, 상대의 입을 열기 위해 애를 써야 하는 지경이라면 그냥 다른 사람을 찾으세요.

난 에이든의 내면이 깊고 복잡할 거라 상상했고, 그가 마음을 열고 자신의 속내를 털어놓는 바로 그 여자가 되고 싶었죠. 하지만 진실은 그에게는 오랜 여자친구가 있었다는 거였고 어떻게 하면 들키지 않고 양다리를 걸칠 수 있을까를 하루 종일 궁리하는 놈이었다는 거예요.

대화를 피하는 무관심한 태도와 침묵을 매력으로 착각하지 마세요. 누군가 자신의 카드를 보이지 않으려고 꽁꽁 숨긴다면 그건 별로 볼 필요가 없는 카드인 거예요. 자신의 카드를 열어 보이고, 기꺼이 당신에게 카드를 건네는 사람들, 그 사람들만이 카드 게임을 할 자격이 있어요. 왜 갑자기 카드 게임 비유가 떠올랐는지는 모르겠지만요. 라스베이거스에 간 지 너무 오래됐나 봐요. 아무튼 내 말 무슨 뜻인지 알겠죠?

아 물론, 바로 당신이 그 수줍음 많고 카드를 잘 내보이지 못하는 성격일 수도 있죠. 알아요. 타인에게 마음을 터놓기란 정말 어려운 일이죠. 특히 과거에 누군가에게 크게 상처를 입었다거나, 감정적으로 신뢰하지 못할 부모님 아래서 자랐다거나, 뭔가 심리적으로 문제가 있는데 적절한 치료를 받지 못했다거나, 과거에 솔직하지 못한 연인을 만나 괴상한 방법으로 이별을 통보받았다거나 하는 경험이 있다면 그렇게 될 수밖에 없고요.

나중에 내 남편 빈스와 두 번째로 데이트하던 날, 역시나 말 없는 그가 너무 짜증 나서 이렇게 계속 대화를 안 하면 더 이상 당신을 만나지 않겠다고 솔직하게 말했죠. 그리고 우리는 그날 밤이 새도록 수다를 떨었어요. 서로 잘 통하는 상대라는 걸 알게 됐죠. 물론 사귀고 나서는 다시 과묵하고 숫기 없는 남자로 돌아가긴 했지만요.

하루는 계속 그에게 질문을 하면서 나 혼자 떠드는 게 지긋지긋해져서 데이트 도중에 그냥 집에 가겠다고 하고서 돌아왔어요. 빈스는 내게 '괜찮은지' 문자로 물었죠.

"전화로 얘기하자." 나는 그렇게 문자에 답했어요. 그와 솔직한 대화를 나누고 싶었죠. 어쨌든 그에게 해명 기회도 주지 않고 그렇게 헤어지고 싶지는 않았거든요.

나는 친구에게 하소연하며 술을 마시던 술집 뒤편으로 나가 조용한 곳에서 빈스에게 전화를 걸었어요. 좀 약한 모습을 보이기로 했죠.

"너도 얘기를 좀 했으면 좋겠어." 나는 이렇게 투덜거렸어요. "말 없는 사람이랑 같이 있는 게 너무 힘들어. 나만 말을 하잖아. 일방적인 대화가 싫어. 네가 긴장해서 그런 건 알겠는데, 나만 계속 떠들고 있으면 내가 싫어진다고. 침묵 속의 식사라니 공황 발작 올 것 같아." 이건 실제로 섭식장애를 앓고 난 후유증이기도 했어요.

빈스는 내 말을 듣고선 웃으며 미안하다고 했죠. 앞으로는 마음을 열고 제대로 된 대화를 하겠다고요. 그는 내가 너무 좋아서, 그 순간을 망치고 싶지 않아서, 실수할까 봐 긴장해서 그랬다고 했어요.

"곧 알게 되겠지만 난 네가 만난 사람 중에 제일 바보일걸." 그가 장난스럽게 덧붙였죠.

"그럼 그걸 증명해봐." 난 웃으며 대답했어요. 그리고 빈스는 진짜 그 말을 증명했고, 지금도 하고 있죠. 당연히 난 그의 바보 같은 면도 사랑하게 됐고요.

에이든과 관계를 지속했던 몇 달을 생각해보면 정말 시시

때때로 머릿속에서 경고음이 울리고 붉은 깃발이 올라갔어요. 그런데 난 그걸 애써 못 본 척했죠. 내게 사랑을 고백할 때도 그의 표정은 뭔가 이상했는데 말이에요. 키스할 때도 항상 머뭇거렸고요. 하지만 난 어렸다고요. 사람을 너무 잘 믿었죠. 심지어 직감보다 환상과 착각을 더 믿었고요. 환상을 완전히 무시하라는 말이 아니에요. 균형을 잡자는 거죠. 그렇지만 열여덟 살 여자애한테 그런 균형 감각이 있을 리 없잖아요. 그때만 해도 무작정 맹목적으로 빠져들었고 그러다 자주 넘어졌죠. 나중에는 누군가를 더 이상 사랑할 수 없을 것 같아 겁이 났고 한편으로는 더 이상 상처받지 않도록 그렇게 되기를 바랐어요.

에이든이 나를 차던 날 밤, 난 올 게 왔구나 싶었어요. '잠수'라는 말이 유행하기도 전이었는데 그는 잠수를 탔죠. 혹시 사랑에 목매는 절박한 열여덟 살 소녀를 두고 잠수를 타는 놈을 마주하면 꼭 비웃어주세요.

난 그에게 수없이 연락을 하면서 한숨을 쉬었죠. 내가 할 수 있는 일은 그의 삐삐에 내 연락처를 남기는 것뿐이었어요. 문자메시지도 없던 때라 숫자로 된 암호를 날렸다니까요. 그래요, 고조선 사람이라 미안하네요. 143이 'I love you'라는 뜻이었죠. 그것도 모자라 난 그가 일하는 가게에, 집에, 그의 친구들에게까지 죄다 연락을 돌렸어요. 그 일로 좀 오랫동안 이불 속에서 하이킥을 하긴 했지만 성인이 된 후에 다시 생각하니 내가 알게 뭐예요. 엿이나 먹으라지. 어쨌든 이별을 고하는 그는 첫 만남 때 나에게 조심스레 다가왔던 그 매너남이 아니었어요. 나 역시 첫눈에 사랑에 빠져 마음이 부서진, 지구상에서 가장 바보 같은 십 대 소녀가 아니었죠.

결국 에이든도 마음이 편치 않았는지 집에 있던 내게 전화를 걸어왔어요. 나는 엄마가 쓰던 침대에 누워 자기한텐 오래 사귄 여자친구가 있고, 그래서 더 이상 나를 만날 수 없다는 에이든의 이야기를 들었죠. 난 울면서 한 번만 더 나를 만나달라고, 그러면 네가 나를 얼마나 사랑하는지를 증명해 보이겠다고 애원했어요. 하지만 그는 전화를 끊었죠.

그때 난 열여덟의 나이에 마음의 벽을 쌓았어요. 이 벽을 허물기까지 10년 이상이 걸렸네요. 다양한 사람들과의 새로운 관계와 상담 치료를 통해 겨우 극복해냈죠. 에이든과의 일로 인해 나는 모자라고 어리석은 사람이고, 실은 모두가 그걸 알고 있다는 어린 시절의 두려움에 압도되어 버렸어요. 겨우 쥐어짜 낸 자신감이 다 거짓이었다는 생각 때문에 더 고통스러웠죠.

'정신 나간 전 여친'에 대해 떠들고 다니는 놈들이 널렸다는 걸 알았을 때 한 번 더 고비가 찾아왔어요. 그놈들은 지들이 상처 입힌 여자에 대해 제멋대로 떠들고 다니죠. 똥 같은 매너로 이별을 고해놓고 자기 잘못에 대해서는 일언반구도 없이 전 여친의 미친 짓에 질려서 헤어졌다는 식으로 말이에요. 몇 달 동안 '사랑한다'고 말하면서 함께 미래를 그려놓고 갑자기 전화해서는 사실은 여자친구가 있고 그래서 더 이상 널 만날 수 없다면서 전화를 끊어? 더 이상의 핑계도 설명도 없이? 난 뭔가 더 설명을 듣지 않고서는 못 견디겠다 싶어 그날 새벽에 그가 일하는 가게 앞에 차를 대놓고 날이 밝을 때까지 기다렸어요. 한숨도 못 잤죠. 지금 생각해도 약간 미쳐있었던 것 같네요. 사랑이라는 감정이 원래 사람을 약간 미치게 하지만 그 미침에도 '좋은 미침'과 '나쁜 미침'이 있잖아요? 날 사랑하지 않는 상대를 사랑할 때의 미침이 어떤 미침인지는 다들 잘 알겠죠.

아무튼 그 일 이후로 몇 달 동안 힘든 시간을 보냈어요. 겨우 우울 구덩이에서 빠져나오기 시작할 때쯤 나를 위한 선물을 하나 했죠. 문신이요. 동전만 한 크기의 빨간 하트 두 개를 엉덩이 바로 위쪽에 새겼어요. 문신 전문가에게 제대로 받은 첫 문신이었고 고맙게도 이별의 슬픔에 빠져 있던 내게 약간의 위로가 되어주었어요. 엿 같은 인생을 잠시 잊게 해주었으니까요. 근 몇 달간 내게 일어난 가장 신나는 일이었죠.

다행히 고통은 서서히 사라졌어요. 어느 순간 이별을 받아들이게 됐고 어리석은 사랑 이야기의 비극적인 여주인공 역할에서도 빠져나올 수 있었죠. 인파 속에서 그를 더 이상 찾지 않게 되었고 그를 만나는 꿈도 더 이상 꾸지 않게 됐죠. 그가 갑자기 신의 계시를 받거나 번개를 맞아 내게 다시 만나달라고 애원하는 상상도 그만뒀고요.

하지만 스쿠터를 타고 제2의 고향을 누비며 붕 달리던 때의 느낌, 얼굴에 닿던 바람의 감촉, 스쿠터의 기름 냄새, 아늑한 헬멧의 감촉은 잊히지가 않더라고요.

그래서 난 베스파를 사기 위해 6개월 동안 주급 봉투를 꼬박꼬박 모았어요. 빈티지 베스파는 오드리 헵번 영화에서 바로 튀어나온 것처럼 너무 멋졌죠. ET3 프리마베라 모델이었는데 군청색 바탕에 연한 하늘색 장식이 들어가 있었어요. 시끄럽고 정신없던 도시가 쥐 죽은 듯 고요해지는 일요일 이른 아침마다 난 베스파를 타고 도시를 누볐어요. 난 못 말리는 늦잠꾸러기였는데도 말이에요. 베스파는 내게 종교이자 교회였던 거죠.

그렇게 매주 한 번씩 몇 시간 동안 베스파를 타고 이곳저곳을 누비며 신나게 길을 잃었어요. 그러다 지름길을 발견하기도 했고요. 빨간불에 멈춰 선 많은 차들 사이를 신나게 가로지르며 통쾌하게 웃음을 터뜨렸죠. 그러면서 서서히 다시 자존감과 자신감을 얻었죠. 아직은 낯선 이 도시에서 또 다른 사랑을 하게 되겠다는 생각을 하면서요.

한 사람을 파멸로 이르게 하는 데 이별만큼 좋은 건 없을 거예요. 하지만 나 자신을 믿으면 충분히 극복할 수 있어요. 그리고 그걸 알고 있으면 이별을 마주해도 조금 덜 미칠 수 있죠. 빈스를 만날 무렵, 나는 새로운 관계를 원했지만 사랑에 인생을 걸지는 않을 자신이 있었죠. 내 품위와 개성을 지키며 관계를 지속할 자신감이 있었어요. 그리고 실제로 에이든을 만날 때처럼 사랑을 구걸하지도 관계와 나 자신을 동일시하지도 않았죠. 빈스는 곧 내 삶에 근사하고 사랑스러운 보너스가 되어주었어요.

베스파를 산 지 10년쯤 되었을 때 스쿠터가 몹시 위험하다는 걸 알게 되어 그걸 팔았고, 비슷한 시기에 에이든이 페이스북에서 나를 '친구 추가'한 것도 알게 되었죠. 그 순간 황당했어요. 밤새 뜬눈으로 그를 기다려 이별의 이유를 추궁하던, 어색한 침묵이 가득하던 마지막 만남 이후 그에 대해 아무런 소식도 듣지 못했거든요. 그리고 난 이미 좋은 친구와 신뢰감을 토대로 한 좋은 관계, 세상에 대한 더 깊은 이해로 행복한 상태였고요. 우리는 오래된 친구처럼 온라인으로 약간의 대화를 나눴고, 이제 그가 정말 그냥 '아는 남자'가 됐구나 싶었어요. 이제 진짜 끝났구나, 그 이별을 내가 완전히 극복했구나. 믿기지가 않아서 입 밖으로 중얼거리기까지 했다니까요. 해방감에 가슴이 두근거리더라고요. 처음 베스파를 타던 그때처럼요.

중2병 극복하기

왜 그랬는지 모르지만 고등학생 시절 난 다른 사람에게 뭔가를 구걸하는 안 좋은 버릇이 있었어요. 친구들에게 초코바를 한 입만 달라고 한다거나 초코바 하나만 사 먹게 돈 좀 달라고 한다거나. 점심 급식으로 뭐가 나오든 매번 그랬죠. 그것도 꼭 소심하고 내성적인 여자애한테만요. 목소리가 큰 내 절친 한나 같은 애한테 그랬다가는 "엄마가 돈도 안 주는데 너 줄 돈이 어딨냐"며, "넌 진짜 나쁜 년"이라고 욕을 한 바가지 퍼부을 테니까요. 내가 나쁜 년인 건 맞지만. 어쨌든 난 그때 섭식장애를 이제 막 앓기 시작한 여고생이었고 당분 중독이 무척 심했기 때문에 어떻게든 초코바 관련 문제를 해결해야 했다고요.

내가 다닌 가톨릭 학교 이야기를 조금 해볼게요. 정말 소름 끼치는 곳이었어요. 학교의 모든 학생들이 1930년대에 지어진 2층짜리 거대한 '신축' 건물에서 생활했어요. 춥고, 어둡고, 천장이 높아 소리가 웅웅 울리는 데다 곳곳에 걸린 예수화가 꾸중하는 눈빛으로 학생들을 내려다보는, 불쾌한 공간이었죠. 1800년대 빅토리아 시대 영국풍의, 음산한 분위기였어요. 사실 빅토리아 시대 영국 분위기가 뭔지 잘 모르지만요. 드넓은 아스팔트 위에 우울한 건물 두 채가 세워져 있고, 아스팔트 위에는 자갈이 살짝 깔려 있었어요. 그 자갈밭은 학생들의 운동장이자 놀이터였는데 풀이라고는 한 포기도 없고, 그네도 정글짐도 없었죠. 몇십 년 전에 그린 것 같은 노란 선만 바닥에 흐릿하게 남아 있었어요. 게다가 건물은 평평하게 잘 세워져 있는데 운동장은 약간 경사져 있었죠. 운동장에서 놀 때면 오르막이나 내리막에 서 있는 느낌이었고 놀다 보면 약간 멀미가 날 때도 있었어요. 아무튼 난 이 학교가 싫었어요.

운동장 동쪽과 서쪽에 낮은 벤치가 여럿 있었고 모든 학생들이 그곳에 앉아 점심을 먹어야 했죠. 점심시간 종이 울리면 학생들이 소리를 지르며 뛰어나왔어요. 남학생들은 격렬하게 피구를 했고 여학생들은 벤치에 앉아 수다를 떨거나 멍을 때렸죠. 한 반에 약 40명의 학생들이 있었는데 인기 무리와 비인기 무리가 한눈에 구분됐죠. 지방에서 학교를 다니다 전학을 간 나도 냉정한 현실에 부딪혔어요.

우리 반 여자애들은 내게 전혀 관심을 보이지 않았어요. 게다가 전학 온 지 이틀째 되던 날 한 여자애가 다른 애한테 이렇게 말하는 걸 들어버렸죠. "윽, 쟤 머리 기름 쩔어." 나를 향해 얼굴을 찌푸리면서요. 바로 의기소침해진 난 그때부터 매일 머리를 감았고 욕실 거울을 보면서 뭔가 또 책잡힐 만한 게 있는지를 전부 찾았죠. 이때가 중학생 때네요. 불변의 법칙이 있다면 모든 법칙은 변한다는 거랄까. 그런 때죠. 아무도 안전하지 않고, 불안감을 키우기에 너무나도 좋은 환경이고요. 까칠한 외투를 한 사이즈 작게 입은 기분이랄까. 그때 내 유일한 안식처는 먹는 거였어요. 거의 전쟁터에서 올 편지를 기다리는 연인의 마음으로 점심시간 종이 울리기만을 기다렸죠. 물론 점심시간에 먹은 것으로는 절대 배가 차지 않았어요. 두둑한 샌드위치와 감자칩 한 봉지로도 허기를 채울 수가 없었어요. 뭔가 조금만 더 먹자, 하는 마음으로 거의 매 시간 매점에 갔고, 돈은 자주 모자랐죠. 이때 돈을 빌리는 못된 버릇이 생겼어요. 처음에는 별생각 없이 친구들에게 돈 좀 없냐고 물어봤죠. 수중에는 한 푼도 없었고, 경사진 운동장에서 30분

이상 시간을 때워야 했기 때문에 초코바라도 하나 먹고 싶어 한나에게 돈이 있는지 물었어요. 한나가 고개를 젓자 그 옆에 있던 여자애한테 물었죠. 그 애는 동전 하나를 손바닥에 내보였고 나는 그 돈을 가져갔어요. 물론 갚지 않았죠. 그 후로는 쉽더라고요. 데이지가 거부 의사를 밝힌 운명의 점심시간을 맞기 전까지는요.

데이지는 소심하고 특이한 애였어요. 눈에 잘 띄지 않고, 까치발로 걷고, 수업 시간에 지목을 당해 일어서서 책을 읽어야 할 때면 목소리가 떨리는, 그런 애요. 부담스러운 상황이 닥치면 금방이라도 울음을 터뜨릴 것 같은 애였는데, 돈을 빌리기에는 완벽한 대상이었죠.

그래서 난 한 치의 망설임도 없이 벤치에 앉아 친구들과 놀고 있는 데이지에게 다가가 동전 좀 잠깐 빌릴 수 있냐고 물었어요. 난 당연히 데이지가 돈을 빌려줄 거라고 생각했죠. 그 돈을 이미 내 돈처럼 생각하고 있었어요. 내가 종업원이라면 데이지는 손님이었고, 데이지는 나한테 당연히 팁을 건네야 했어요. 그런데 데이지가 내 눈을 똑바로 쳐다보면서 돈이 없다고 하는 거예요. 그것도 그냥 없다고 하는 게 아니라 내 질문을 그대로 반복하면서 없다고 했죠. "아니, 캐런, 난 너한 테 잠깐이라도 빌려줄 동전이 없어." 나는 그냥 평소의 목소리로 친근하고 다정하게 물었는데, 그 애는 마치 '네 그 뻔뻔한 태도가 진짜 싫다'는 목소리로 딱딱하게 말했어요. 내가 돈을 빌릴 때면 너그럽고 활달한 태도로, 사회생활을 유지하는 값이라는 투로 내게 돈을 주는 부류와 조용하고 소심하게 어쩔 수 없이 돈을 건네는 부류가 있었어요. 그런데 데이지가 갑자기 다른 부류가 된 거예요. 그때의 데이지는 금방이라도 울음을 터뜨릴 것 같은 여자애가 아니었어요. 친구들 앞에서 큰 소리로 내게 대꾸하는 애였죠. 난 순간 흠칫했지만 마음 한구석으로는 그 애가 대단해 보였어요. 적어도 울지는 않았잖아요? 난 왜 정색을 하고 그러냐며 멋쩍게 그 자리를 벗어나려고 했는데 그 애가 한마디를 덧붙였죠. "단 것 좀 그만 먹어." 그러자 그 옆에 앉아 있던 여자애들의 눈이 휘둥그레졌죠. 뭔가 다들 속이 시원하다는 표정이었어요.

그러니까 난 혁명의 대상이었고 데이지는 정의의 사도였던 거죠. 데이지는 자기 주변의 소심한 여자애들을, 어디에나 있는 조용한 애들을 대변했어요! 소심한 애들은 내가 자기 친구가 될 거라고 생각했기 때문에 언제든 돈을 빌려줬어요. 그렇지만 난 그렇게 생각하지 않았죠. 그리고 그런 애들은 경제적으로 여유도 있었고요.

난 데이지 사건 이후로 더는 돈을 빌리지 않았어요. 아, 그런 애들한테서는 더 이상 빌리지 않았다는 뜻이에요.

데이지 사건은 내 인생에서 다음으로 일어날 끔찍한 일들에 비하면 양동이에 물 한 방울 정도에 불과했지만 어쨌든 중학생 시절 겪은 가장 굴욕적인 사건이었죠. 열세 살은 정말 인생의 암흑기인 것 같아요. 매일매일 최악의 사건들이 터지는데 그 와중에 나는 계속 귀여운 소녀 콘셉트를 유지해야 했죠. 엿 같네요.

어쨌든 '데이지 혁명'은 내 자아관을 확립하는 데 큰 영향을 끼쳤어요. 난 내가 원할 때마다 돈을 빌릴 수 있도록 가짜 친구들을 좋아하는 척했죠. 하지만 그들은 바보가 아니에요. 오히려 반에서 제일 똑똑한 애들이죠. 그리고 학교에서 사회생활을 어느 정도 해본 애라면 내가 그렇게 중요한 애가 아니라는 것쯤은 쉽게 알아챌 수 있고요.

보통 여자애들은 어딘가에 섞이고 싶어서, 무리에 속하고 싶어서 돈을 빌리고 빌려주는 관계가 되면 친구가 된다고 생각하거든요. 하지만 상대가 필요할 때만 말을 건다는 걸 눈치채면 '헛소리 그만하고 꺼져'라는 반응을 보이죠. 솔직히 나한테 그런 말을 하면서 데이지도 속이 시원했을 거예요. 맨날 그런 말을 듣기만 하다가 실제로 그런 말을 다른 사람한테 했으니까요. 자신의 힘을 느끼며 서서히 몸을 푼 다음 경계선을 그은 거예요.

그리고 그 애가 옳았어요. 솔직히 말하면 난 데이지를 그다지 좋아하지 않았거든요. 더 정확히 말하면 그 애에게 관심이 없었어요. 난 내성적인 여자애들과 잘 어울리지 못했죠. 그런 애들은 성장의 두려움을 학교에까지 가져왔고 그걸 드러내 보이기까지 하잖아요. 열세 살 내게 세상은 전쟁터였고 그런 애들은 나를 표적으로 삼았어요. 관용도 연민도 없었죠.

여중생들은 학교에서 매일 감정 전쟁을 치러요. 죽거나 죽이거나죠. 뒷담화를 하거나 뒷담화를 당해요. 친구들과 어울리지 못하면 죽음이죠. 절대 과장이 아니에요. 중학생 여자애들의 일상은 정말 암울해요.

열세 살은 믿을 수 없을 정도로 감정이 요동치고 수치스러운 시기죠. 약간 목숨이 오락가락하는 것 같다니까요. 그 나이대 여자애들은 실제 자신보다 더 성숙하고 똑똑하고 세상 물정에 밝아 보이려고 애를 쓰죠. 학교 생활은 진짜 십 대가 되기 위한 연습 과정 같은 거니까요. 하지만 데이지 같은 여자애들은 그 나이대의 여자애들이 얼마나 어리고 어리석은지를 보란 듯이 드러내고 다니잖아요. 스티커에 집착하고 끊임없이 재잘거리고 책상에 엎드려 울고… 반 친구 모두가 자신들에게 신경 써주기를 바라죠. 그들이 그러면 그럴수록 난 그들을 신경 쓰기 더 싫어졌고요. "애새끼도 아니고 그만 좀 해!"라고 소리치고 싶게 만들었죠.

지난 10, 20년간 우리 사회는 장족의 발전을 했죠. 왕따 문제나 타인을 존중하는 문제에서는 특히 그랬고요. 인류가 발전하고 있다는 의미죠. 하지만 1980년대 초반은 달랐어요.

내 고향에서는 어디에서도 부모들을 잘 볼 수 없었어요. 별볼 일 없는 동네의 오락실과 피자 가게에 아이들만 야생동물처럼 무리지어 있었죠. 남자애들은 자전거를 타고 다니는 형들에게 돈을 뺏기지 않으려고 주먹을 쥐고 돌아다녔고 여자애들은 눈을 치켜뜨고 팔짱을 낀 채 구석에 둘러앉아 있었어요. 돈을 털리거나 다리가 부러지거나 아무튼 문제가 생기면 그건 다 자기 탓이었죠.

아이들이 어디에 있건 부모들은 아이들을 일찍 데리러 가지 않았어요. 어쩌다 롤러스케이트장 옆의 주차장 문이 잠겨 애들이 갇혀도 아무도 찾지 않았죠. 친구들이 스케이트장에서 간식을 먹으며 놀 동안 주차장에서 정신력으로 살아남아야 했다고요. '뭐 어때? 친구들 다 별로야. 주차장이 더 좋네. 바람도 불고, 조용하고. 바닥도 평평하고 여기서도 얼마든지 스케이트 탈 수 있잖아? 게다가 내 마음대로 소리 지르면서 타도 되고.' 그렇게 자기 합리화를 하면서 저 아래 개울로 탐험을 떠나볼까 하다가 좀 무서워져서 결국 차 사이에 쪼그려 앉아 있으면 지나가던 어른이 "너 지금 여기서 뭐 하니?" 하고 묻는 거죠. "스카프를 찾고 있다"라고 아무렇게나 대답하면 그 어른은 "…지금 7월인데?" 하고 되묻는 거예요. 그리고 결국 그 어른 앞에서 여기 갇혔다며 눈물을 보이고, 그때 멀리서 친구의 엄마가 차를 대고 다가오며 아직 데리러 올 시간도 아닌데 왜 주차장에서 혼자 돌아다니고 있는 거냐고 꾸짖는 거예요. 이게 1980년대 아이들의 일상이었죠.

그때는 어떤 엄마도 아이들의 숙제를 대신해주지 않았어요. 절대로. 모두가 숙제를 엉망진창으로 해갔고 그 덕분에 숙제를 더 열심히 하게 되거나 아니면 아예 하지 않게 되거나 그런 식이었죠. 그때는 다 그랬어요. 그러니까 우리는 중학교 때 앞으로 더 나은 생활을 하게 될 건지 아니면 영원히 엉망진창인 삶을 살 건지 결정하게 되었던 거죠.

아, 그때 무서웠던 게 하나 더 있었네요. '프레피'*가 되어야 한다는 강박이요. 갑자기 프레피인지 뭔지가 유행하면서 교복을 단정하게 차려입고 얌전히 공부하는 모습을 모두가 동경하게 된 거예요. 난 명문대에 관심도 없고 그런 것과는 거리가

---

* Preppy, 등록금이 비싼 명문 사립학교(Preparatory School)에 다니는 학생이나 그 비슷한 이미지를 일컫는 말.

먼 애였는데 갑자기 모두가 1퍼센트 상류층처럼 행동하고 그들을 따라 하는 거예요. 물론 그때 많은 애들이 우리는 프레피가 될 정도로 부모님이 부자가 아니라는 사실을 깨달았죠. 어떻게 해도 지방 촌구석의 작은 집에서 매일 아침을 맞아야 하고, 요트를 소유하는 삶은 꿈도 꿀 수 없다는 걸 말이에요. 그리고 그게 부끄러워졌죠. 프레피 유행은 한편으로 큰 충격이었어요. 또 이 유행은 학교의 질서도 완전히 바꿔놨죠. 이제 그냥 예쁜 애가 아니라 명품 신상 셔츠를 입은 예쁜 애가 게임의 승자가 된 거예요.

지방에서 히피 문화에 둘러싸여 작은 학교에 다니던 1970년대와는 세상이 완전히 달라진 거죠. 이웃에게 친절하게 대하고 분리수거를 하고 자연섬유로 된 옷을 입는 분위기가 감쪽같이 사라지고 대신 갑자기 요트 신발과 체크무늬 치마, 라켓볼 클럽 회원권이 필요해진 거예요.

그리고 '돈을 많이 벌어 부자가 되어야 한다'는 압박을 견디지 못한 많은 부부들이 이혼을 했죠. MTV 방송국이 개국할 즈음이었네요. 모두가 월스트리트에서 억대 연봉을 받으며 이혼한 아빠를 둔 아이를 부러워했죠. 여름방학 때 LA에 있는 다른 부모에게 갔다가 피서지 차림으로 돌아오는 게 정말 멋져 보였어요. LA의 그 쇼핑몰에서 쇼핑해봤어? 거기서 만

난 멋진 남자와 데이트해봤어? 다들 그렇게 물었죠.

엄마와 엄마 친구들은 최근에 이혼한 여자 친구들을 위로하며 많은 시간을 보냈고요. 엄마들은 일이 끝나면 누군가의 집에 모여 주방에서 소곤소곤 대화를 나눴어요. 그동안 그 엄마들의 아이들 일고여덟 명은 텔레비전을 보며 침묵 속에 누워 있었죠. '그 개자식'과 '중년의 위기' 어쩌고 하는 말들이 아득하게 들려왔고요. 그렇게 이혼이 전염병처럼 걷잡을 수 없이 퍼지던 때였지만 난 사실 이혼 가정의 아이들을 부러워했어요. 그 애들은 정말 최소한의 돌봄으로 길러진 아이들이었거든요. 감자칩을 토할 때까지 먹고, "나와서 밥 먹어"라는 엄마의 말에도 "됐어!"라고 소리치며 자기 방문을 쾅 하고 닫을 수 있었죠. 우리 집에서 그렇게 했으면 난 이미 엄마한테 죽었을걸요. 그렇지만 그 아이들의 엄마는 한숨을 쉬며 담배에 불을 붙이는 것 말고는 아무것도 할 수 없었어요.

그 집에서 나와 집으로 돌아가는 차 안에서도 엄마는 직업도, 자기 명의의 은행 계좌도 가져본 적 없는 그 이혼한 여자들에 대해 말하곤 했어요. "걔는 수표도 한번 자기 손으로 써본 적 없을 텐데. 성인이 된 이후로 한 번도 혼자였던 적이 없는 사람이라고. 자기 자신이 어떤 사람인지도 모를걸?" "다들 그렇잖아요." 참견하길 좋아했던 나는 엄마의 말에 이렇게 답하곤 했죠. 하지만 지금 와서 생각해보니 엄마는 내게 '여자라도 재정적으로나 감정적으로 독립할 수 있어야 한다'는 걸 말해주고 싶었던 것 같아요. 성인이 되어서 갑자기 삶이 송두리째 흔들리는 경험을 하지 않기를 바라면서요.

이제 2000년대 중반 이야기를 조금 해볼게요. 지금까지 이야기한 것들이 한데 뒤섞이는 경험을 했거든요. 어느 날 갑자기 내 삶이 내가 꿈꾸던 대로 흘러가 버렸던, 그때의 이야기죠. 나는 한 텔레비전 프로그램의 작가로 일하게 되었고, 다시 말해 내가 안정적인 급여를 받는 직업을 가진 사람이 된 거예요. 알코올 중독과 그동안의 알바 지옥을 생각하면 엄청난 발전이었죠.

프로그램의 세 번째 시즌을 진행할 무렵 크리스마스였어요. 내 지정 주차장에 차를 세우려는데 다른 차가 거기 세워져 있는 거예요. 은색 BMW였는데, 무슨 광고처럼 차 앞에 커다란 빨간색 리본이 달려 있었죠. 그게 내 선물이라는 걸 깨닫는 데 자그마치 1분이 걸렸어요. 상사가 내게 그동안 수고 많았다는 의미로 차를 선물한 거예요. 그것도 BMW를! 내가 가질 수 있을 거라 생각도 하지 못했고, 그래서 원하지도 않았던 그런 차를요. 갑자기 내가 할리우드에서 정말 성공했구나 하는 생각이 들었어요. 그 웃기는 빨간 리본을 단 자동차 덕분에요.

LA 사람들은 정말 성공한 사람이어서, 혹은 그렇게 보이고 싶어서 좋은 차를 타고 다니죠. 어느 쪽이든 좋은 차를 타면 어쨌든 이상한 고양감이 들어요. 대리주차원에게 차 열쇠를 건네며 우쭐하는 기분이 드는 거죠. 갑자기 부자가 된 것 같고, 그놈의 '프레피'가 된 것 같죠. 아무튼 그런 불가능한 일이 내게도 일어난 거예요. 마치 이혼한 게 미안해서 말 한 필을 척척 사주는 부모를 둔, 부잣집 자식이 된 느낌이었어요. LA 엘리트 계급이 된 기분이랄까. 그 차는 나를 미묘하게 변화시켰어요. 노란불 신호에서도 그냥 좌회전을 했고 이유 없이 고속도로를 타고 형편없는 차들을 지나며 경멸의 시선을 날렸죠. 카오디오를 크게 틀고 미친 듯이 달리면서요. 할리우드식 멍청이가 된 거죠. 할리우드식대로, 이 차는 내가 다른 사람보다 낫다는 걸 증명하는 물건이었으니까요.

그리고 1년 후에 그 텔레비전 프로그램이 갑자기 끝나버렸어요. 나는 내가 어떤 사람인지에 대해, 내가 아는 것들에 대해 완전히 환멸을 느꼈죠. 그 프로그램 일을 하면서 5년을 보냈고 그러면서 스탠드업 코미디와 우정, 가족을 모두 놓쳤죠. 그러고 나니 그 일이 그만한 가치가 있었나 하는 생각이 들더라고요. 물론 성공하는 건 좋은 일이죠. 특히 전에 그런 경험이 없다면 더더욱요. 돈을 버는 건 중요해요. 하지만 돈과 지위가 우리를 더 좋게 변화시킬 거라는 우리의 믿음과 달리 비싼 차와 명품 구두, 캐시미어 스웨터는 다양한 면에서 우리 자신을 잃게 만들어요. 이런 것들은 우리 내면의 열세 살 아이가 앞으로 살아남으려면 필요하다고 착각하는 소품 같은 것들이죠. 난 열세 살 때 프레피가 되는 것에 전혀 관심이 없었다는 걸, 일을 그만두고 나서야 깨달았어요.

그리고 일을 그만둔 지 일주일 만에 BMW를 팔았어요. 그 차가 기분을 좋게 해주는 그 방식이 싫어졌거든요.

조지아 '자기 일을 자기가 하지 않는' 사람들이 있잖아요. 그런 사람들의 특징은 뭘까요?

캐런 내가 그런 사람으로 자라봐서 알아요. 그런 사람들은 어릴 때 자신을 스스로 돌본 적이 없는 사람들이에요. 세상이 나에게 신세를 지고 있는 것 같고 어려운 일이 닥치면 세상을 원망하죠. 하지만 열심히 일해온 사람들을 만나고, 무언가 가치 있는 일을 하는 것에 대한 보람과 의미를 깨닫게 되면 세상이 달리 보일 거예요.

조지아 나 자신을 위해 처음으로 샀던 물건은 뭐예요?

캐런 페탈루마에 있는 음반 가게에서 산 크리스티 앤 지미 맥니컬 음반이요. 텔레비전 프로그램 〈가족〉에 출연한 크리스티 맥니컬을 엄청 좋아했거든요. 그 음반은 진짜 대단했어요.

조지아 최근에 산 비싼 물건이 있다면? 그걸 살 때 기분이 어땠나요?

캐런 작년에 새 차를 샀어요. 확실히 기분 전환이 되더라고요. 어쨌든 차는 비싼 물건이니까 사고 나면 경제적으로 좀 쪼그라들까 봐 한동안 차 없이 지냈거든요. 우버를 자주 이용했죠. 남의 차 방향제 냄새를 많이도 맡았네요. 그러다 팟캐스트로 고정 수입이 생길 것 같아 원하던 차를 샀죠. 여유가 있어서 산 건 아니고, 이제 재정 위기에서 벗어난다는 사실을 기념하며 산 거죠. 그래서 차를 탈 때마다 웃음이 절로 나네요.

숲에서 멀어지라고?

숲 밖에서 나를 기다리는 사람들

'숲에서 멀어질 것.' 숲에서는 좋은 일이 일어나는 법이 없어요. 헨젤과 그레텔, 해리 포터에게 물어보세요. 내 말이 맞을걸요? 이제부터 더 무서운 이야기를 하나 해줄게요.

우리가 팟캐스트를 녹음하는 내 아파트 한쪽 벽에는 커다란 천 포스터가 하나 걸려 있어요.

소나무 숲과 강이 끝없이 이어지는 사진인데, 대개는 이런 사진을 보면 평온함을 느끼죠. 명상을 할 때나 자기 전에 보려고 침대 맞은편에 그걸 걸어놓을 테고요. 하지만 나는 좀 다른 시각으로 그 사진을 봐요. 저 숲에 반드시 시체가 숨겨져 있을 거라고 생각하죠. 분명 우거진 나무 밑이나 땅속 깊이 시체가

묻혀 있을 거라고요.

그렇다면 그 시체를 어떻게 찾지? 어디서부터 시작하면 좋을까요? 숲은 미친 듯이 넓고 모든 게 나무로 뒤덮여 있는데 말이에요! 빌어먹을 곰도 있고요. 무슨 말인가 싶겠지만 이렇게 넓은 숲에서 시체가 절대 저절로는 발견되지 않겠구나 하는 생각을 하면 약간 공황 발작이 올 것 같아요.

어릴 적에는 우연히 시체를 발견하면 기분이 정말 끝내주겠다고 생각했어요. 이게 다 스티븐 킹 때문이에요. 여섯 살 때 영화 〈스탠 바이 미〉를 보고 나서는 시체 찾기 모험을 떠나고 싶어 안달이 났죠.

아빠는 내가 아주 어릴 적부터 우리 형제들을 데리고 캠핑을 다녔어요. 아빠는 이혼 후에도 양육권과 면접교섭권 협의를 통해 격주로 주말마다 우리를 볼 수 있었죠. 캠핑을 좋아하는 아빠 덕분에 우리는 아빠의 좁아터진 아파트에서 텔레비전을 보며 불평하는 대신 광활한 자연에서 불평을 하게 되었고요. 아빠의 캠핑은 이른바 '총체적 인성 교육 활동'이었는데 아빠는 캠핑을 통해 우리에게 자급자족의 미학과 직업윤리, 생존 기술을 가르칠 수 있다고 생각한 것 같아요. 물론 아빠의 착각이었죠.

아빠의 경제 사정이 좀 좋을 때는 사륜구동 차로 우리를 데리러 왔어요. 작은 캠핑카를 몰고 온 적도 있었죠. 어떤 차든 일단 아빠 차가 집 앞에 서면 우리는 앞다투어 그 차로 달려가며 서로 앞자리에 타겠다고 소리를 질렀어요.

앞자리에 타면 운전하는 기분을 낼 수 있었거든요. 실제로 아빠는 정말 노인처럼 운전을 했기 때문에 앞자리에 탄 우리가 운전을 좀 도와줘야 했어요. 아빠는 차에서 들을 카세트테이프를 딱 두 개만 준비했어요. 하나는 폴 사이먼의 〈그레이스랜드〉 앨범이었는데 이제 너무 많이 들어서 모든 가사를 줄줄 외울 지경이에요. 내 결혼식 때도 이 노래를 틀고 아빠와 춤을 춰야 했죠. 다른 하나는 백파이프 음악 테이프였어요. 아니 세상에 누가 애들하고 백파이프 음악을 듣는 거예요? 하지만 우리는 폴 사이먼의 목소리가 지긋지긋해지면 어쩔 수 없이 백파이프 음악을 들었어요. 그것마저도 싫어지면 지직거리는 라디오방송을 틀었죠.

아빠는 무척 검소한 사람이어서 배를 채우기 위해 계획에 없이 휴게소에 들르거나 하는 일은 거의 없었어요. 대신 아빠는 차에서 먹을 간식을 건강식으로 잔뜩 준비해 왔죠. 땅콩이나 건포도 같은 것 말이에요. 우리는 꼬질꼬질한 손에 땅콩과 건포도, 프레첼 부순 것을 조금씩 섞어 우리만의 간식을 만들었어요. 종이팩에 든 주스와 프레첼 덕분에 그나마 좀 나았죠.

난 지금도 휴게소에서 파는 온갖 싸구려 간식을 엄청 좋아하는데 그건 아마도 어릴 적에 그 음식들을 많이 먹어보지 못해서일 거예요.

나를 포함해 우리 남매들은 모두 괴짜들이었어요. 내가 아이를 갖고 싶어 하지 않는 이유죠. 우리는 한시도 가만있지 않았고 쉴 새 없이 떠들어댔어요. 사랑과 미움과 배신과 웃음이 난무했죠. 부모님이 용케도 우리를 죽이지 않고 버텼구나 싶다니까요.

학교에서, 집에서, 마트에서… 어딜 가든 셋 다 끊임없이 사고를 쳐댔어요. 열 살 때였나, 한번은 날 괴롭히던 축구 팀 코치 선생님에게 상욕을 한 적도 있어요. 남매가 다 그런 식이었죠. 언젠가는 오빠가 오렌지주스에 생달걀 섞은 걸 우리 자매에게 먹이겠다고 방에 가두기도 했고요. 또 내가 살면서 주먹으로 배를 맞아본 일이 딱 두 번 있는데 두 번 다 언니에게 맞은 거예요. 그때 난 언니 머리에 바비 인형을 던졌고요.

아빠는 가끔 우리를 견딜 수 없을 때마다 "좀 떨어져. 나한테서 좀 떨어지라고"라고 말하곤 했는데 아빠처럼 진지한 사람이 소름 끼치는 모노톤의 목소리로 그렇게 말하면 우리는 아빠에게서 떨어질 수밖에 없었죠.

아무튼 그렇게 차로 몇 시간을 달려 어둑해질 무렵 캠핑장에 도착했어요. 우리는 짐을 풀고 큰 소리를 내며 기지개를 켰죠. 장거리 자동차 여행은 힘들었지만 숲의 나무 향기와 모닥불에 불을 붙일 때 나는 장작 냄새, 도시와 달리 마구잡이로 자라난 야생의 덤불 숲 같은 걸 보면 어린 마음에도 경외심이 들었죠. 캠핑장에선 아빠도 좀 달리 보였어요. 도시의 아빠는 좁은 아파트에 누워 텔레비전으로 축구 중계나 보는 사람이었는데 캠핑장의 아빠는 뭔가 멋진 산악인 같았죠.

캠핑을 하려면 일단 텐트를 쳐야 했어요. 말은 쉽죠. 난 텐트가 정말 싫어요. 심지어 아빠의 텐트는 쓴 지 20년 쯤 된 텐트였다고요. 한 시간이면 멋지게 펴지는, 누름돌 같은 걸 찾아다니지 않아도 되는 최신 텐트를 상상하면 곤란해요. 이 장대를 여기에 꼽는 건가? 여기가 집게 자리인가? 그렇게 몇 시간을 헤매다 결국 우리 중 누군가가 짜증을 내면서 숲을 향해 성질을 부리기 시작하죠. 짜증 섞인 비명을 지르기에 숲만 한 곳이 또 없을 거예요. 아마 인류가 존재하기 시작한 시점부터 숲은 가족의 짜증 섞인 비명을 들었을걸요? 그래도 아무런 대꾸 없이 늘 한결같이 인간의 비명을 그저 받아들이고 그가 내뿜는 이산화탄소를 연료 삼아 나무를 성장시키죠. 누구나 한 번쯤은 숲에서 소리를 질러보는 경험을 해보는 게 좋아요.

1980, 1990년대 아이들은 숲에서 혼자 돌아다니다 길을 잃

곤 했죠. 그때는 그게 흔한 일이었어요. 그냥 숲으로 달려가서 마음껏 방황하다 마음을 가라앉히고 다시 가족의 품으로 돌아오는 거죠. 나도 언니나 아빠에게 짜증이 나서 그냥 길에서 혼자 살거나 숲속 괴물과 함께 살겠다고 숲으로 도망친 적이 한두 번이 아니었고요.

결국 해가 저물 때쯤 어슬렁거리며 텐트로 돌아왔지만요. 칠흑 같은 숲속 어둠에 뭐가 숨어 있을지 모르고, 나무 뒤에서 누군가 날 몰래 지켜보고 있을 수도 있다고 생각하니 무서워졌거든요. 무엇보다 아빠가 굽는 바비큐 치킨 냄새에 당할 수가 없었죠. 그냥 시판 바비큐 소스에 절인 닭고기였는데 그게 왜 그렇게 맛있었나 모르겠어요.

저녁을 먹고 나면 아빠는 오빠에게 모닥불을 피우게 했어요. 평소에 불장난은 절대 못 하게 했지만 그것만은 허락해주셨죠. 그리고 지칠 때까지 포커를 치거나 책을 읽다가 낡고 까칠한 침낭 안으로 기어들어 갔어요. 숲에서 나는 정체 모를 소리와 모닥불이 타닥거리는 소리를 들으며 서서히 잠이 들었죠. 야생동물들과 연쇄살인범들이 숨어 있을지도 모르는 숲을 앞에 두고서 말이에요.

일곱 살이 되던 해 여름에는 그랜드캐니언에 갔어요. 뙤약볕 아래서 하루 종일 암석 채집 탐험을 한 날이었죠. 날이 조금씩 어두워져 가는데 오빠가 텐트로 돌아오지 않는 거예요. 깡마른 체구의 오빠는 장난이 심해서 교장실에까지 불려간 전적이 있는 사고뭉치였죠. 한때는 그런 오빠가 너무 싫어서 내 오빠가 아니면 좋겠다고 생각한 적도 있어요. 그런데 그런 오빠가 막상 돌아오지 않으니까 덜컥 겁이 나더라고요. 사자나 도끼 살인마한테 당해서 죽은 게 아닐까 하는 걱정이 들기 시작했어요.

난 모닥불 앞에 바짝 붙어 앉아 오빠를 기다렸죠. 모닥불의 열기 때문에 무릎이 벌게졌어요. 무릎 위에 책을 펴놓긴 했지만 한 페이지도 읽지 못하고 캠핑장 뒤편의 어두운 숲에서 오빠가 나타나지는 않을까 계속 그쪽만 돌아봤죠. 언니도 초조한 듯 숲에서 눈을 떼지 못했어요.

"지금쯤 돌아와야 하는 거 아니야?" 내가 이렇게 말했지만 모닥불이 타닥거리는 소리에 내 목소리는 묻혔어요. 아무도 대답하지 않았죠.

걱정이라면 누구에게도 뒤지지 않는 아빠가 그날은 이상하게 그다지 걱정하지 않는 것처럼 보였어요. 말썽꾸러기 아이를 10년쯤 키우다 보면 한 번쯤은 생길 수 있는 일이라고 생각한 걸까요?

그때 난 미제 사건을 테마로 한 텔레비전 프로그램이나 우유갑 뒷면에 나오는 실종 아동 전단, 백혈병으로 갑작스레 세상을 떠난 학교 친구 일을 겪으면서 불행은 자주 우리 삶에 들이닥치는구나 하고 생각하던 아이였어요.

오빠가 돌아오지 않자 난 비통한 슬픔에 빠졌어요. 일곱 살 짜리 어린 여자애의 마음에 비상 경고음이 울렸고 오빠를 찾는 데 도움이 될 만한 어떤 일도 할 수 없다는 무력감에 화가 났죠. 이런 생각도 했어요. 언젠가 내가 실종되어 돌아오지 않아도 아무도 나를 찾지 않겠구나. 당시 나는 이미 유괴에 대해 엄청난 공포를 갖고 있었는데 일이 이렇게 되니 거의 실제로 납치를 당한 것처럼 두려워지더라고요. 생각해보면 아빠는 그저 나와 언니에게 지나치게 걱정하는 모습을 보이지 않으려던 것이었는데 말이에요.

어쨌든 우리는 별다른 도리 없이 취침 시간이 한참 지나서야 잠자리에 누웠어요. 오빠는 그때까지도 돌아오지 않은 채였죠. 나는 미제 사건을 다루는 텔레비전 프로그램을 머릿속에 떠올렸어요. 오싹한 음악이 깔리고, 전문 성우가 음산한 목소리로 오빠가 사라지던 날 밤의 상황을 묘사하는 거죠. 나는 항상 그런 프로그램을 보면서 미스터리를 풀 실마리를 찾는 시청자였는데, 이제는 내가 그 시청자에게 오빠의 실종 미스터리를 풀 단서를 구걸하게 생긴 거예요. 우리 가족의 실종 사건을 발표하는 기자회견 자리에서 난 파란색 원피스를 입을 거고, 내가 그 자리에서 흘린 눈물은 전국을 눈물바다로 만들 겠죠… 그런 상상을 하다 보니 두 시간이 훌쩍 가더라고요. 하지만 오빠는 여전히 돌아오지 않았어요.

오빠 걱정으로 절대 잠들지 못할 거라고 생각했는데 모닥불의 마지막 불씨와 함께 깜빡 잠이 들려는 순간, 조용한 캠핑장에 바스락대는 소리가 울렸어요. 그리고 이어서 슬그머니 텐트 지퍼를 여는 소리와 텐트의 천이 펄럭이는 소리가 들렸죠. 오빠가 자기 침낭으로 들어온 거예요. 화가 났지만 천만다행이었죠! 우리는 단번에 잠에서 깨서 오빠를 다그쳤어요.

"대체 어디 있었던 거야? 죽은 줄 알았다고!"

오빠는 태연하게 길을 잃었다고 했어요. 그러다 등산객 무리를 만나서 그들이 자기를 캠핑장에 데려다줬대요. 그렇게 말하면서 파자마를 갈아입고 뻔뻔하게 베개를 깔고 자리에 눕는 거예요.

그때 처음으로 내가 오빠를 사랑한다는 걸 깨달았죠. 날 '나쁜 년'이라고 부르고 나한테 쓰레기를 던지는 오빠였는데! 내가 그런 오빠를 사랑하고 있었던 거예요. 짜증 나고 꼴도 보기 싫었지만 그가 곰에게 습격을 당하거나 절벽에서 떨어져 죽기를 바라지는 않았던 거죠.

몇 년 후 오빠와 언니는 고등학생이 되었고 나도 중학생 졸업반이 되었어요. 이제 언니와 오빠는 캠핑은커녕 돈을 준다고 해도 아빠의 아파트에서 함께 시간을 보내지 않았죠. 오빠는 헤비메탈 밴드 콘서트에 다니느라 바빴고 언니도 학교 친구들과 어울리는 데 거의 모든 시간을 보냈어요. 결국 4인용 텐트에 나와 아빠 두 사람만 남게 된 거예요.

1994년 늦여름, 아빠는 다시 고물 미니밴을 엄마 집 앞에 세웠어요. 그날은 앞자리에 타겠다고 싸우지 않아도 됐죠. 아빠와 나 둘뿐이었으니까. 난 오빠의 실종 사건 이후 오래 트라우마를 겪었기 때문에 숲은 싫다고 했어요. 그러자 아빠는 해변으로 가자고 했고 이국적이면서도 느긋한 풍경을 기대한 나는 선뜻 그러자고 했어요. 우리는 캘리포니아 해안도로를 따라 여섯 시간을 달렸어요. 사실 세 시간이면 닿을 거리였는데 아빠의 운전 속도가 그런 걸 어쩌겠어요. 그렇게 국경을 지나 멕시코 해변에 있는 작은 캠핑장에 도착했어요. 그곳은 열대 해변이라기보다 대재앙을 겪은 후의 난민 캠프 같았어요. 낡아빠진 캠핑카, 좁아터진 텐트, 초록색 파도 거품, 이리저리 뛰어다니는 아이들로 정신없는 분위기였죠.

캠핑장 여행객들은 모두 뭔가에 쫓겨 멕시코로 온 사람들 같았어요. 빚쟁이나 체포영장 같은 거? 아무튼 우리는 뙤약볕

이 내리쬐는 해변 모래사장에 텐트를 쳤고 아빠는 내게 절대 바다 속에서 입을 열지 말라고 경고했죠. 난 그저 텐트에 누워 에어컨이 빵빵하게 나오는 호텔 수영장에 있는 상상이나 했어요. 오빠와 언니가 없으니 캠핑도 재미가 없더라고요. 아빠와 나는 이튿날 바로 짐을 챙겨 집으로 향했죠.

모래투성이의 캠핑 장비들을 미니밴에 싣고 캠핑장 주차장을 벗어나 고속도로를 탔어요. 곧 국경을 넘으려고 기다리는 자동차 행렬에 진입할 참이었죠. 그런데 그때 우리 차 뒤로 사이렌 소리와 함께 불빛이 번쩍이더니 경찰차가 우리더러 갓길에 차를 세우라는 거예요.

"침착해." 아빠는 창문을 열기 위해 창문 손잡이를 마구 돌리면서 농담하듯이 말했죠. 아빠와 스페인어를 몇 마디 주고받은 경찰은 곧 경찰차로 돌아갔고 아빠는 경찰이 우리더러 경찰서로 따라오라고 했다면서 경찰차를 따라 차를 몰았어요. 이상하리만치 침착한 아빠의 목소리는 오히려 나를 잔뜩 겁먹게 했죠.

경찰서 앞에 차를 댄 아빠는 경찰서에 다녀올 동안 차 안에 꼼짝 말고 있으라는 엄명을 내리고 차에서 내렸어요. 경찰에게 돈 좀 쥐여주면 될 거라면서, 절대 차 문을 열지 말라고 했죠. 난 아빠가 짓지도 않은 죄로 이상한 혐의를 뒤집어쓰고 감옥에 가면 어떡하지 하는 마음에 멀어지는 아빠 뒷모습을 보며 울 뻔했어요.

그렇게 잠자코 차에서 아빠를 기다리는데 차는 1분도 안 돼서 사우나가 됐죠. 그런데 창문을 열 수가 없었어요. 금세 이마와 속옷에 땀이 송골송골 맺혔죠. 그렇게 몇 시간 같은 20분이 흘렀고 아빠가 돌아왔어요. 난 바로 창문을 열었고 우리는 바로 그곳을 떠났죠. 아빠는 경찰서에서 일어난 일을 들려줬어요. 경찰은 아빠더러 교통 법규를 위반했다며 많은 돈을 요구했고, 아빠는 거부했죠. 대신 기부금은 조금 낼 수 있다고 했대요. 이 제안이 싫으면 내 아버지도 LA 경찰이니 거기 전화해서 해결하겠다고, 문제를 더 골치 아프게 만들고 싶으면 그렇게 하자고 했다고요. 경찰은 잠시 머뭇거리더니 기부금이라도 달라고 했고 아빠는 그렇게 풀려났대요.

사실 내 할아버지는 경마로 가산을 탕진한 이발사였어요. 난 아빠도 거짓말을 할 줄 아는 사람이라는 걸 그때 처음 깨달았어요. 뭔가 얼떨떨하더라고요.

그 이후 어느 금요일 밤에 난 친구들과 밖에서 놀다가 술에 취해 몽롱한 상태로 잠이 들었어요. 아침에 눈을 떴을 땐 낯선 건물이었죠. 술에 취해서 처음 보는 건물에 마음대로 들어가 더러운 담요를 덮은 채로 노숙자처럼 잠이 든 거예요. 바로 엄마한테 전화를 하진 않았어요. 허락도 받지 않고 외박을 한 데다 엄마의 평소 방임주의 육아 철학을 생각했을 때 엄마가 내부재를 별로 신경 쓰지 않을 거라고 생각했거든요. 내가 열네 살 어린 나이이긴 했지만요. 하지만 내 예상은 보기 좋게 빗나갔어요. 엄마는 내가 집에 돌아오지 않자 아빠에게 전화를 했고 아빠가 경찰에 신고를 했더라고요. 경찰은 정식으로 실종 신고를 하고 실종 아동 명부에 나를 올리겠다는 아빠를 말리면서도 마약 중독 치료소에서 갓 출소한 열네 살 소녀의 행방을 함께 걱정해줬죠. 뭔가 잘못된 선택을 하지는 않았을까 마음을 졸이면서요.

난 어쩔 수 없이 편의점 공중전화로 집에 전화를 했어요. 엄마는 불같이 화를 냈고 그때야 아차 싶더라고요. 난 곧장 집으로 갔고 주말까지 외출 금지 명령을 받았어요. 그만하면 괜찮은 벌이었죠. 숙취 때문에 실컷 잠이나 자고 싶었거든요.

그 무렵 오빠는 아빠의 (더 넓어진) 아파트로 이사를 했어요. 사춘기를 겪는 오빠와 엄마 사이에 감도는 긴장감이 장난이 아니었거든요. 오빠는 방 벽을 발로 차서 구멍을 냈고, 엄마는 오빠가 아끼는 컴퓨터를 부숴버리겠다고 했죠.

내 실종 신고 사건 이후 오빠를 만났는데 오빠가 평소답지 않게 심각한 표정으로 날 보는 거예요. 보통은 각자가 사고를 쳐도 그 일에 대해 서로 말하는 법이 없었거든요. 그저 말없이 서로를 이해했죠. 부모님과 선생님, 학교, 사회, 치료사가 내 행동을 끊임없이 관찰하고 평가하는 와중에도 오빠만큼은 아무런 말도 하지 않았죠. 반대의 경우도 마찬가지였고요.

그런데 그날은 달랐어요. 오빠가 한숨을 쉬면서 나를 똑바로 쳐다보질 못하더라고요.

"조지아, 네가 없어진 날 밤 아빠 방에서 이상한 소리가 들려서 문틈으로 봤는데." 오빠가 말했어요. "아빠가 울면서 기도하고 있는 거야. 네가 죽은 줄 알았대."

그 말을 듣는 순간 생전 겪어보지 못한 거대한 감정이 나를 압도했어요. 엄마가 소리를 지르며 화를 낼 때도 다 괜찮았는데 말이에요. 아빠는 조용히 "나한테서 좀 떨어지라고"할 때를 빼곤 우리에게 분노나 실망을 내보인 적이 없었거든요. 항상 말없이 인내심을 가지고 내 편에 서주었죠. 내가 그 어떤 형편없는 짓을 해도 항상 전화 끝인사로 "네가 얼마나 자랑스러운지 모른다"라고 말하던 사람인데, 내가 그런 아빠를 울게 했다니 가슴이 무너져 내리더라고요. 그리고 그때 내가 정말 집으로 돌아가지 못했다면, 어떻게 됐을지를 생각해봤어요.

그 이후로는 항상 마음 한편으로 아빠를 생각하며 살게 됐어요. 바보 같은 결정을 할 때나, 자의든 타의든 살고 싶지 않아질 때, 이런 나를 아빠가 어떻게 생각할까를 상상해보는 거죠. 아빠가 제일 사랑하는 자식은 바로 나니까요(언니랑 오빠한테는 좀 미안하네요). 내게 무슨 일이 생기면 아빠는 아마 회복하지 못하겠죠. 그래서 나는 조금만 더 조심하고, 너무 위험한 일은 하지 않기로 했어요. 숲에도 좀 덜 들어가고요.

물론 모험을 즐기고 위험에 맞서고 숲으로 들어가는 일은 중요하죠. 하지만 가끔은 주변을 둘러봐주세요. 히치하이킹 강간범이나 요상하게 생긴 멈춤 표지판, 죽음으로 직결되는 등산로가 언제 어디서 튀어나올지 모르니까요. 당신이 사라지면 당신을 사랑하는 사람들은 그전과는 완전히 다른 삶을 살게 되거든요.

강간당하지 않는 법?

어릴 적 신문에서 '생활 꿀팁'을 알려주는 칼럼을 본 적 있어요. 인터넷이 세상에 등장하기 전이었고 매일 아침 어린 남자애가 자전거를 타고 다니며 집집마다 신문을 배달하던 그런 때였죠. 사람들이 신문사에 일상생활 속 문제를 제보하면 칼럼에서 해답을 알려주는 식이었어요. '아이 머리카락에 붙은 껌은 어떻게 떼나요? – 껌이 묻은 자리에 땅콩버터를 발라 보세요!' '흰 셔츠에 묻은 와인 얼룩은 어떻게 지우나요? – 소금으로 문질러 세탁해보세요!' 아, 물론 제 기억이 맞는지는 모르겠어요. 땅콩버터는 누가 농담한 내용이었던 것 같기도 하네요.

아무튼 어릴 적 그 칼럼을 보면서 감탄을 금치 못했어요. 왜 학교에서는 이런 걸 가르쳐주지 않는 거지? 복숭아를 빨리 익히고 싶으면 갈색 종이봉투에 넣으면 된다는 내용은 3학년 교과서에 넣어야 하는 거 아닌가? 식초와 베이킹소다로 싱크대를 말끔하게 청소할 수 있다는 걸 학교가 아니면 어디서 배워야 하죠? 전 그 칼럼을 보면서 간단한 방법으로 문제를 해결하는 그 방식에 완전히 빠져들었어요.

조지아와 범죄 코미디 팟캐스트를 진행하면서 난 우리도 뭔가 유용한 정보를 줄 수 있으면 좋겠다고 생각했어요. 그리고 그렇게 하기 위해 노력했죠. 우리가 소개하는 범죄들이 다시 일어나지 않으리라는 보장이 없잖아요. 피해자가 미처 보지 못한 경고등이 있지 않을까? 우리가 그 경고등을 미리 볼 수 있도록 도와줄 수 있지 않을까? 그러면 끔찍한 사고를 막을 수 있지 않을까? 이렇게 생각했죠. 어릴 적에 봤던 그 '생활 꿀팁' 칼럼처럼 뭔가 실용적인 정보를 주고 싶었어요. 그때 그 칼럼과 달리 우리가 받는 질문은 항상 똑같았죠. '어떻게 하면 살해당하지 않을 수 있을까?' 그래서 답도 대개는 비슷했어요. 실용적이면서도 효과적인 조언이죠. 친구와 함께 다니고, 커다란 개를 키우고, 낯선 사람은 의심하고, 숲으로 들어가지 않는 거예요. 그리고 범죄자들의 수법을 공유해서 범죄자보다 앞서 나가는 거죠.

이런 조언들은 어떤 면에서는 유용할 수 있어요. 하지만 우리가 다루는 범죄들은 그때 그 칼럼의 문제처럼 사소하지 않죠. 조지아와 내가 칼럼니스트처럼 전문가도 아니고요.

팟캐스트에서도 여러 번 말했지만 한번 더 말할게요. 우리가 이 책이나 팟캐스트에서 하는 조언 중 완벽한 건 하나도 없어요. 우리는 우리 경험에 한해서만 전문가일 뿐이에요. 우리는 대학에서 전문 교육을 받지도 않았고, 연쇄살인범보다 더 똑똑하다고 해도 그게 조언을 하는 데는 전혀 도움이 되지 않아. 우리가 확실히 아는 건 '오래된, 커다란 사각지대'가 있다는 사실뿐이에요. 팟캐스트를 들어준 많은 분들이 우리의 실수를 지적하고 우리가 그걸 받아들이고 바로잡아가는 과정을 겪으며 정말 감사했어요. 우리가 얼마나 많은 걸 모르고 있었나를 새롭게 깨달았죠. 예전에는 내 무식과 무지가 무척 부끄러웠고, 그 수치심이 새로운 배움을 방해하곤 했어요. 하지만 이제 알아요. 더 나은 사람이 되려면 자신의 실수와 결점을 받아들이고 그 결점을 극복하기 위해 노력해야 한다는 걸요. 팟캐스트를 진행하면서 자의 반, 타의 반으로 정말 많이 배웠어요.

우리가 했던 안전에 대한 조언이 피해자에게 책임을 전가

하는 의미로 받아들여질 수 있다고 여러 사람이 지적해주었죠. 그때는 충격도 받았고 솔직히 마음도 좀 상했어요. '우리가 누군지 알기나 해? 우린 모든 생명체 중 가장 고귀한 존재야! 우리는 같은 여자들이 곤경에 빠지지 않도록 도우려는 여자들이라고! 우리는 여자들의 안전과 자유, 신뢰와 우정을 위해 애쓰고 있을 뿐이야! 우리는 당연히 피해자 편이라고! 누구도 끔찍한 사건에 휘말려서는 안 되고, 그래서 도움의 손길을 내미는 거야! 시야가 너무 좁은 거 아니야? 바보 같은 놈들!' 이런 생각이 들기도 했죠.

언젠가는 폭행 생존자의 입장에서 여성들에게 조언을 해달라는 갑작스러운 요청을 받아 "낯선 사람의 차에는 타지 마세요"라고 즉석에서 생각나는 대로 답을 했는데, 그게 "만약 낯선 사람의 차에 탔다면 무슨 일이 생기든 그건 당신 탓이에요"로 들릴 줄은 꿈에도 생각하지 못했네요. 물론 우리는 절대 그렇게 생각하지 않아요. 정말 끔찍한 관점이네요.

이런 일을 겪으면서 난 부부 연쇄살인범 폴 버나도와 그의 아내 칼라 호몰카를 떠올렸어요. 그들은 한밤중에 버스정류장 주변을 서성이다가 혼자 버스에서 내리는 여성들을 강간하고 공격했어요. 경찰이 이들을 잡지 못한 채 시간이 계속 흘렀고 부부의 수법은 점점 더 흉악해졌죠. 그들은 1년 동안 자그마치 일곱 명의 여자들을 강간하고 살해했어요. 대다수가 10대 소녀들이었죠.

그리고 마침내 경찰의 공식 기자회견이 열렸어요. 해당 지역 경찰은 냉정하게 말했죠.

"새벽 1시에 버스정류장에 혼자 내리면서 누군가의 도움을 기대하지 마세요. 자유롭게 어디든 다닐 수 있는 세상이지만 위험 속으로 자진해서 걸어 들어가지는 마세요."

아아 네에, 그렇군요.

경찰의 말투 좀 보세요. 아랫사람에게 명령을 내리는 듯한 시건방진 태도도 볼 만하네요. 아마 경찰은 이 부부 범죄자를 잡아야 한다는 엄청난 압박에 시달렸을 거예요. 누군가가 매번 똑같은 수법으로 특정한 지역에서 계속 같은 범죄를 일으키며 도시 전체를 공포에 떨게 하는데, 절대 잡히지는 않고, 경찰서장은 부하들을 들들 볶았겠죠. 분노한 지역 시민들은 경찰에 공식 의견을 요청했을 테고, 기자들도 왜 범인을 잡지 못하는 거냐며 밤낮으로 그들을 괴롭혔을 거예요.

그리고 새로운 피해자가 나올 때마다 좌절했겠죠. 무력감과 굴욕감, 압박감에 잠도 못 잤을 거예요. 사건의 모든 세부사항을 전부 파악했는데, 범인을 잡을 수가 없으니 얼마나 답답했겠어요. 실질적으로 범죄자를 잡아 범죄를 멈출 수가 없는 거죠. 그래서 그가 유일하게 할 수 있는 일을 하게 된 거예요. 피해자를 탓하는 거요. 언제 어디든 자유롭게 돌아다닐 권리를 외치는 지역 여성들을 꾸짖은 거죠. 극도로 악랄한 범죄자를 잡는 것보다 아마 그쪽이 훨씬 쉬웠겠죠. 그래서 기자회견 같은 일을 벌이게 된 거예요. '잠재적 피해자'에게 그런 일이 일어날 수 있는 환경 자체를 만들지 말라고 충고하는 자리를 만드는 것. 그게 그들의 해결책이었죠.

이런 종류의 폭력 범죄에 어떻게 대응해야 하는지를 알고 있는 사람은 극소수일 거예요. 그리고 이런 범죄가 사람들에게 어떤 감정적 영향을 미치는지를 알고 있는 사람은 더 적을 거고요. 그냥 갑작스레 삶이 공포 영화가 된 기분이 아닐까 해요. 매주 연쇄살인범이 벌인 짓을 신문으로, 뉴스로 접하면서도 경찰이 그를 잡았다는 소식은 듣지 못하는 거죠. 지역사회 전체가 무력감과 공포감에 빠지지 않을까요? 심지어 경찰조차 공포감을 느낄걸요. 그리고 사람들은 곧 악랄한 사이코패스보다 술에 취해 밤늦게 귀가하는 상상 속 문란한 여자들을 비난하는 쪽으로 태도를 바꾸겠죠. 경찰이 여자들에게 충고를 한답시고 기자회견을 열었을 때 아마 많은 사람들이 가슴을 쓸어내렸을 거예요. 이제 경찰 머리 꼭대기 위에 있는 사이코패스가 아니라 생각 없는, 문란한 젊은 여자들에 관한 이야기가 주요 쟁점이 될 테니까요.

아니 그런데요, 연쇄살인범이 밤마다 여자들을 죽이고 있다는 사실을 알면서, 경찰이 그를 잡지 못하고 있다는 사실을 알면서 재미로 늦은 밤에 버스를 타는 여자들이 어디 있겠냐고요. 뭐, 스릴이라도 즐기려고, 아니면 세상에 반항하는 의미로 그 여자들이 새벽 버스를 탔겠어요? 그럴 확률은 아주 낮죠. 어쩔 수 없이, 그 버스를 탈 수밖에 없었던 여자들이 대다수일 거예요. 차 없이 투잡을 뛰면서 아이를 키우는 싱글맘이라든지, 교통 법규 위반으로 잠시 차를 운전할 수 없는 여자였다든지, 시각장애나 청각장애가 있는 여자라든지, 끔찍한 교통사고를 경험해 운전을 더 이상 할 수 없는 여자라든지요. 이런 상황에서 그들은 그들 나름대로, 절박한 마음으로 최선의 선택을 했을 거예요. 1980년대 후반 캐나다의 소도시 여성들은 그저 생존을 위해 일을 하면서 어쩔 수 없이 늦은 밤 버스를 탔을 거예요. 그들은 "위험 속으로 자진해서 걸어 들어간" 적이 없어요. 그들을 위험에 빠트린 건 그 빌어먹을 연쇄살인범이라고요.

휴, 그런데 상황은 더 안 좋아졌죠. 해당 지역의 시의원이 더 후진 해결책을 내놓은 거예요. 바로 '여성 통행금지'였죠. 더 이상의 강간·살인 범죄가 일어나지 않도록, '잠재적 피해자'인 지역 인구 절반을 저녁 시간 동안 실내에 가둬두기로 한 거예요. 이게 바로 지역을 대표하는 '지도자'라는 사람이 '최선의' 해결책이랍시고 내놓은 방법이었답니다!

아니 그럴 거면 범죄자 몽타주와 대조해 25~35세의 키 큰 금발 남성을 실내에 가둬야 하는 거 아닌가요? 그게 훨씬 논리적이잖아요. 아니면 성범죄 전과자를 통행금지시키든가요. 아니면 이런 허접한 아이디어를 내놓은 경찰과 시의원을 통행금지시키는 방법도 있겠네요.

아마 그 시의원은 이렇게 생각했겠죠. '여자가 밤에 버스 타고 다니면서까지 밖에서 할 일이 뭐가 있어? 괜히 바쁘고 귀한 우리 남자들 골치 아프게 하지 말고 집에서 앞치마나 두르고 머리나 말고 있으라고.' 이럴 때 루스 베이더 긴즈버그*가 나타나서 한마디 해줘야 하는데 말이에요.

이 사건이 일어날 당시 내 친구 폴의 엄마가 이 지역에 살고 있었어요. 그래서 그때 이야기를 폴에게서 들은 적이 있죠. 당시 60대였던 폴의 엄마는 아파트 옥상 수영장에서 수영하는 걸 좋아했대요. 그래서 어느 날은 옥상 수영장에 올라가 수

---

* Ruth Bader Ginsburg, 미국 연방대법원의 여성 대법관으로 미국 역사상 두 번째 여성 연방대법관이자 최초의 여성 유대인계 연방대법관이다.

영장을 독차지하며 홀로 수영을 즐기고 있는데 어떤 젊은 남자가 수영장 앞의 옥상 발코니로 나와 자신을 빤히 쳐다보더래요. 이상했죠. 왜 이 잘생긴 청년이 60대 할머니가 수영하는 모습을 저렇게 빤히 볼까? 그러면서도 수영을 계속했대요. 그런데 그 남자가 자신이 수영하는 길을 따라 옆에서 걷기 시작하는 거예요. 폴의 엄마는 이제 이 상황이 뭔가 확실히 이상하다는 걸 느꼈고 불쾌감은 점점 공포로 변했어요. 그런데 도망칠 곳이 없었죠. 그가 수영장 밖에 있으니 수영장에서 나갈 수가 없었던 거예요. 그저 어서 그가 그 자리를 떠나길 빌 수밖에 없었죠. 공포로 거의 패닉에 빠질 때쯤, 아이들과 그 부모들로 보이는 사람들이 갑자기 시끄럽게 떠들며 옥상 발코니로 우르르 나오더래요. 부모들은 발코니 의자에 앉아 계속해서 수다를 떨었고, 아이들은 수영장으로 뛰어들었죠. 그리고 그 순간 그 남자는 사라져버렸다고 해요.

폴의 엄마는 그 즉시 수영장에서 나와 아파트로 돌아가 기억 속에 남아 있는 그 남자의 얼굴을 종이에 그렸고 그 그림을 서랍 속에 넣어두었대요. 그리고 마침내 그가 체포되던 날 텔레비전 뉴스에 나오는 그를 보았고, 긴장감에 숨을 헐떡이며 그 그림을 꺼냈는데 그림 속 청년이 바로 텔레비전 속 그 연쇄살인범이었다고 해요.

여기서 폴의 엄마, 그러니까 자기 아파트 수영장에서 수영을 했을 뿐인 이 여성도 "위험 속으로 자진해서 걸어 들어간" 건가요? 여기는 안전하다는 그녀의 생각이 잘못된 거였을까요? 새벽 1시에 버스를 타지는 않았으니 다른 피해자들보다는 '책임'이 없는 걸까요?

이봐요, 이건 다 개소리예요. 다 아무 상관 없는 질문들이죠. 왜 여자들이 공공장소에 뻔뻔하게 돌아다니는 거냐며 다그치는 건 악랄한 사이코패스를 잡지 못하는 지질한 남자들의 대거리일 뿐이죠. 그런 책임 전가는 흉악한 연쇄살인으로 극도의 공포를 느끼는 지역 사람들에게 약간의 안도감은 줄지 몰라도 범죄를 해결하는 데에는 전혀 도움이 되지 않아요.

그나마 다행인 건 당시에도 창의적으로 사고하는 사람이 있었다는 거예요. 결국 해당 지역의 교통위원회가 저녁에는 버스정류장이 아니더라도 목적지와 더 가까운 곳에 내려달라고 여성 승객이 버스 기사에게 요청할 수 있도록 조치를 취해주었어요. 이 조치는 이런 메시지를 담고 있었죠. "당신은 우리 지역에서 언제 어디든 안전하고 자유롭게 다닐 권리가 있습니다. 당신의 안전을 위해 우리가 더 열심히 노력하겠습니다." 이건 사실 시의원이 했어야 할 말이죠.

어릴 때 이런 뉴스를 본 적이 있어요. 나이 든 판사가 피해자가 노출이 심한 옷을 입고 있었다는 이유를 들며 성폭행 피의자에게 무죄를 선고했죠. 뉴스를 본 엄마는 분노로 흥분했어요. 간호사로서, 정신건강 복지서비스 종사자로서, 인간으로서 엄마는 권력층의 그런 시대착오적 편견을 혐오하며 진절머리를 쳤죠. 하지만 그 뉴스를 보면서 얼마나 많은 사람들이, 그리고 아이들이 판사의 생각을 그대로 받아들였겠어요. 그리고 노출이 있는 옷을 입는 많은 여성들 또한 그 생각을 '주입'당했겠죠. 그리고 그 순간, 쟁점은 범죄자의 범죄가 아니라 피해자의 '피해자다움' 여부로 옮겨가죠.

누구도 범죄의 피해자가 되어서는 안 돼요. 범죄자 역시 어떤 이유로든 자신의 범죄를 합리화해서는 안 되죠. 언젠가 팟캐스트에서 '신변 안전'과 '경계심'에 대해 이야기하다가 피해자권리보호단체로부터 피해자가 충분히 안전에 유의하고 경계를 늦추지 않았는데도 희생된 경우가 많다는 이야기를 들었어요.

그 이야기를 들으며 생각했어요. 세상이 하나의 거대한 숲이기 때문에 우리는 절대 범죄자로 가득한 숲을 '벗어날' 수 없어요. 누군가 성폭행을 당한다면 피해자가 부주의했거나 노출이 심한 옷을 입었기 때문이 아니에요. 그냥 빌어먹을 범죄자가 그 사람을 선택한 거죠. 우리는 이제 희생자에 대해, 피해자에 대해 가져온 우리의 편견, 즉 '피해자다움'이라는 편견을 잊고 범죄자가 흘리는 초기 범죄 신호를 포착해 범죄자를 구분해내고, 범죄의 심각성이 형벌에 최대한으로 반영될 수 있도록 하는 데 에너지를 쏟아야 해요. 테드 강연에서 본 인상 깊은 구절로 이야기를 마무리할게요.

우리는 작년에 얼마나 많은 여성들이 강간'당했는지'를 이야기했어요. 얼마나 많은 남자들이 여성을 강간'했는지'가 아니라. 우리는 작년에 한 지역에서 얼마나 많은 여자들이 성희롱을 '당했는지' 이야기했어요. 얼마나 많은 남자들이 여자를 성희롱'했는지'가 아니라. 우리는 작년에 얼마나 많은 10대 여성들이 임신을 '했는지' 이야기했어요. 얼마나 많은 남자가 여자를 임신'시켰는지'가 아니라. 이 수동태가 정치적으로 얼마나 교활한 수법인지, 아마 눈치챘을 거예요. 수동태 문장들은 남자가 아니라 여자로 시점을 이동시키죠. '여성(에 대한) 폭력'이라는 용어 자체에 문제가 있는 거예요. 행위자, 즉 가해자가 시야에서 사라지죠. '여성 폭력'은 여성에게 정말 불행한 일이에요. 여성에게 너무나 나쁜 일이 일어났는데, 가해자는 온데간데없는 거예요. '여성 폭력'이라는 용어만 보면, 그냥 여성에게 저절로 일어난 일 같

다니까요. 남자들은 그 문제에 아무런 잘못도 책임도 없는
것처럼 보인다고요!

-잭슨 카츠Jackson katz 박사,

테드 강연 "여성 폭력은 '남자 문제'다" 중에서

캐런   조지아가 지금까지 살면서 했던 가장 위험한 결정은 뭐였어요?

조지아   서른 살이 되던 해, 그러니까 2009년에 사무실 경리를 그만두고 연예계로 진로를 튼 일이요. 그때까지 평생 월급쟁이로 살았는데 꼬박꼬박 급여가 나오는 직장도 아니고 일이 계속 유지될 거라는 보장도 없는 곳으로 간다는 게 너무 두려웠어요. 그렇지만 내게 이만 한 기회가 또 오지는 않을 것 같아서 과감히 결정했죠. 앞서 한번 얘기했지만 그때 직업을 바꾸면서 세운 유일한 목표가 '다시는 끔찍한 사무실로 돌아가지 않겠다'는 거였는데, 다행히 지금까지 잘 유지하고 있네요. 휴우! 지금 생각해보니 그때 도전할 수 있도록 스스로에게 기회를 준 게 살면서 내가 내린 결정 중 가장 훌륭하고 내게 친절한 결정이었어요.

캐런 위험한 상황에 처한 사람의 일에 참견한 적 있나요?

조지아 난 그런 일에 거리낌 없이 끼어드는 편이에요. 기차에서 어린아이를 때리고 있는 여자에게 아동학대범이라고 소리를 지른 적도 있고 식당에서 데이트 중인 커플의 대화를 엿듣다가 멍청하게 구는 남자한테 욕을 해준 적도 있어요. 도로 갓길에 서 있는 중년 여성을 차에 태워 집에 데려다준 적도 있고요. 그렇게 하는 게 내 마음이 훨씬 편하더라고요. 내가 사람처럼 느껴지고요. 게다가 나중에 좋은 얘깃거리도 되죠.

끝까지 들어줘서 고마워요,
모두 안녕!

옮긴이 **오일문**

국어국문학을 전공하고 10여 년간 방송 작가로 일했다. 현재 바른번역 소속 번역가로 활동 중이다. 세상을 알아가며 언어에 오롯이 집중하는 번역에 매력을 느껴 매진하고 있다. 원문의 여백과 결을 고스란히 담아내는 번역을 꿈꾼다.

장래희망은 이기적인 년

초판 1쇄 인쇄 2020년 7월 30일
초판 1쇄 발행 2020년 8월 10일

지은이 캐런 킬거리프, 조지아 허드스타크
옮긴이 오일문
펴낸이 김선식

경영총괄 김은영

책임편집 김은하   **디자인** 심아경   **크로스교정** 조세현   **책임마케터** 박지수
콘텐츠개발3팀장 한나비   **콘텐츠개발3팀** 심아경, 이승환, 김은하, 김한솔
마케팅본부장 이주화   **채널마케팅팀** 최혜령, 권장규, 이고은, 박태준, 박지수, 기명리
미디어홍보팀 정명찬, 최두영, 허지호, 박재연, 김은지, 배시영   **저작권팀** 한승빈, 이시은, 김재원
경영관리본부 허대우, 하미선, 박상민, 김형준, 윤이경, 김민아, 권송이, 김재경, 최완규, 이우철

펴낸곳 다산북스   **출판등록** 2005년 12월 23일 제313-2005-00277호
주소 경기도 파주시 회동길 357 3층
전화 02-704-1724   **팩스** 02-703-2219   **이메일** dasanbooks@dasanbooks.com
홈페이지 www.dasanbooks.com   **블로그** blog.naver.com/dasan_books
종이 상림문화   **출력·인쇄** 상림문화

ISBN 979-11-306-3075-5 (03840)

다산북스(DASANBOOKS)는 독자 여러분의 책에 관한 아이디어와 원고 투고를 기쁜 마음으로 기다리고 있습니다. 책 출간을 원하는 분은 다산북스 홈페이지 '투고원고'란으로 간단한 개요와 취지, 연락처 등을 보내주세요. 머뭇거리지 말고 문을 두드리세요.